W0461001

ABC der Tiere 2
Übungsheft

Basiskompetenzen sichern

Herausgegeben von
Klaus Kuhn

Erarbeitet von
Klaus Kuhn
Kerstin Mrowka-Nienstedt
Iris Zeller

Name: ______________________________

Klasse: ______________________________

Mildenberger

Vorwort

Mithilfe des **ABC der Tiere 2 – Übungsheftes** wiederholen und trainieren die Kinder die zentralen sprachlichen Themen aus Klasse 2. Durch die intensive Wiederholung und Überprüfung der grundlegenden Lerninhalte wird das Basisniveau der Schülerinnen und Schüler gesichert.

Das Übungsheft ist Bestandteil des Spracharbeitsheftes 2 Kompakt (Bestell-Nr. 2405-31) und begleitet die Kinder durch das ganze Schuljahr. Es enthält auf 64 Seiten die Inhalte der „Was habe ich gelernt?"-Seiten aus dem Teil C der Standard-Ausgabe, sodass ausreichend Übungsmaterial bearbeitet werden kann. Am Ende jedes Kapitels können die zentralen Lerninhalte mithilfe des Übungsheftes wiederholt und überprüft werden.

Ergänzend zur Standard-Ausgabe des Spracharbeitsheftes 2 (Bestell-Nr. 2405-91) kann das Übungsheft zur Wiederholung und Vertiefung verwendet werden. Es kann aber auch lehrwerksunabhängig eingesetzt werden.

Übersichtliches Layout

Das übersichtliche Layout hilft lernschwachen Kindern, sich auf die Inhalte zu konzentrieren. Die große Schrift und die farbige Markierung der Silben (blau – rot) erleichtern den Schülerinnen und Schülern das Lesen. Die Größe der Lineatur ist an das Spracharbeitsheft 2 Kompakt angepasst (ab Kapitel 7 sind die Schreibzeilen entsprechend etwas kleiner).

Schatzkisten und Ausklappseite

Die wichtigsten grammatikalischen Inhalte und Strategien sind in den gelben Schatzkisten sowie nochmals auf der Ausklappseite hinten zusammengefasst. Sie dienen den Kindern als hilfreiche Erinnerungsstütze.

Selbsteinschätzung

Am Ende einer Seite bzw. Doppelseite können die Kinder die eigenen Kompetenzen selbst einschätzen, indem sie den entsprechenden Smiley markieren. Auch der Lehrkraft und den Eltern gibt dies eine Rückmeldung zum Lernstand des Kindes.

Selbstkontrolle

Das integrierte Lösungsheft kann vor Einsatz des Übungsheftes herausgenommen und dann zur Selbstkontrolle genutzt werden.

Sticker-Belohnungssystem

Für jede erfolgreich bearbeitete Seite dürfen die Kinder hinten im Heft auf der Umschlaginnenseite einen Sticker auf das entsprechende Feld im Wimmelbild kleben. Die Sticker motivieren die Kinder und zeigen ihnen, wie viel sie bereits bearbeitet haben.

Wortschatztraining

Am Ende jedes Kapitels gibt es eine Seite zur Wortschatzerweiterung. Hier werden nochmals wichtige Verben, Nomen und Adjektive vertiefend geübt. Die Nomen sind auf diesen Seiten mit farbigen Artikelpunkten gekennzeichnet.

Einzahl: ● der, ● die, ● das

Mehrzahl: ● die

Dies unterstützt die Kinder dabei, sich den passenden Artikel einzuprägen.

Häuschenschreibweise

Im ABC der Tiere wird der Silbenbau deutscher Wörter mithilfe der drei Häuschentypen A, B und C kindgerecht veranschaulicht. Auch im Übungsheft werden die Doppelkonsonanten, die Schreibung von „tz" und „ck" sowie die ie-Schreibung systematisch mithilfe der Häuschen A und C geklärt.

Sollten Sie lehrwerksunabhängig arbeiten und mit der Häuschenschreibweise noch nicht vertraut sein, finden Sie unter www.ABC-der-Tiere.de eine Einführung sowie weiterführende Informationen.

Inhalt

* SAH: ABC der Tiere 2 – Spracharbeitsheft Kompakt (2405-31) / Spracharbeitsheft (2405-91)
** SB: ABC der Tiere 2 – Sprachbuch (2405-93)

Nomen und Artikel

Namen von Menschen, Tieren, Pflanzen und Dingen sind Nomen. Wir schreiben sie groß.
Vor Nomen stehen oft Artikel (Begleiter):
- bestimmter Artikel: der, die, das
- unbestimmter Artikel: ein, eine

1. Kreise alle Nomen gelb ein.

Schule | vor | Buch | Garten | und | Hund

2. ein oder eine ? Schreibe die Nomen mit Artikel.

eine Schule

3. Kreise alle Nomen gelb ein.

Blume | Tisch | hustet | Haus | Baum | in

4. der die das ? Schreibe die Nomen mit Artikel.

→ nach SAH Teil A, S. 15 / SB, S.15

Einzahl / Mehrzahl

Nomen gibt es in der Einzahl und in der Mehrzahl.
Der Artikel in der Mehrzahl ist immer: die.

1. Schreibe die Nomen in der Einzahl und in der Mehrzahl.

~~die Tasche~~	der Hase	das Kind
der Tisch	der Stift	die Frau

	Einzahl	Mehrzahl
	die Tasche	die Taschen

Nomen

1. Schreibe ab. Setze das passende Nomen ein.

Zug | Berge | Auto | Brillen | Hosen

Die Leute fahren mit dem  weg.

Viele Leute fahren auch mit dem .

Sie reisen in die .

Im Koffer sind  und .

→ nach SAH Teil A, S. 15 / SB, S. 15

1. Schreibe die Nomen in der Einzahl mit der, die, das und in der Mehrzahl mit die .

die Blume

die Blumen

die Raupe

___

das Schiff

___

der Hund

___

___

die Brillen

___

die Blätter

___

die Kinder

___

die Glocken

→ nach SAH Teil A, S. 15 / SB, S. 15

Nach dem Abc ordnen

1. Kreise den ersten Buchstaben ein.
   Ordne die Nomen nach dem ersten Buchstaben.

Esel

Pinsel

Feder

1. ____________ 2. ____________ 3. ____________

2. Die ersten Buchstaben sind gleich.
   Kreise den zweiten Buchstaben ein.
   Ordne die Nomen nach dem zweiten Buchstaben.

Esel

Ente

1. ____________

2. ____________

3. Suche die Nomen im Wörterbuch.
   Schreibe die Seitenzahl auf.

Feder: Seite ☐ Ente: Seite ☐

Esel: Seite ☐ Pinsel: Seite ☐

☺ 😐 ☹

Verben

Verben sagen uns, was jemand tut (Tunwörter).
Verben schreiben wir klein.

1. Kreise alle Verben grün ein.

werfen	Tisch	reiten	Haus	rennen
Bett	singen	Eis	turnen	Schule

2. Was können die Kinder tun? Setze die Verben ein.

Malte kann ____________________.

Hanna kann ____________________.

Mio kann ____________________.

Mia kann ____________________.

Max kann ____________________.

Aussagesatz

Am Satzanfang schreiben wir groß.
Am Satzende steht ein Punkt.

1. Verbinde die Nomen mit dem passenden Verb.

Kinder	Autos	Hunde	Vögel	Blumen
hupen	spielen	fliegen	blühen	bellen

2. Bilde Sätze. Schreibe die Sätze. Kreise so ein.

Die Kinder spielen.

→ nach SAH Teil A, S. 33 / SB, S. 31

Großschreibung

1. Hier sind alle Nomen und Satzanfänge kleingeschrieben.
   Unterstreiche die Nomen. Kreise den Satzanfang ein.
   Schreibe die Sätze richtig.

D K B
die kinder besuchen einen bauernhof.

Die Kinder besuchen einen
Bauernhof.

dort sehen sie viele tiere.

die kühe stehen auf der wiese.

der hahn kräht laut.

die bäuerin begrüßt die kinder.

☺ 😐 ☹

Lang oder kurz? – Doppelter Mitlaut

1. Welche Wörter gehören zu den Bildern?
   Sprich und klatsche die Wörter.

2. Schreibe die Wörter in die Häuschen.

In Hüte spreche ich ü lang. Ich schreibe das Wort in Häuschen A.

In Hütte spreche ich ü kurz. Ich schreibe das Wort in Häuschen C mit **tt**.

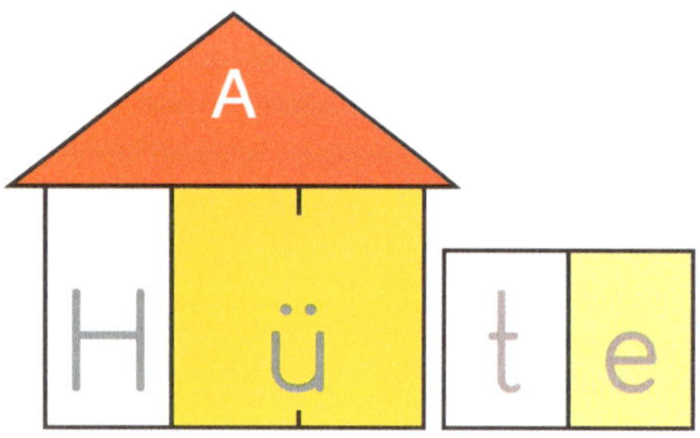

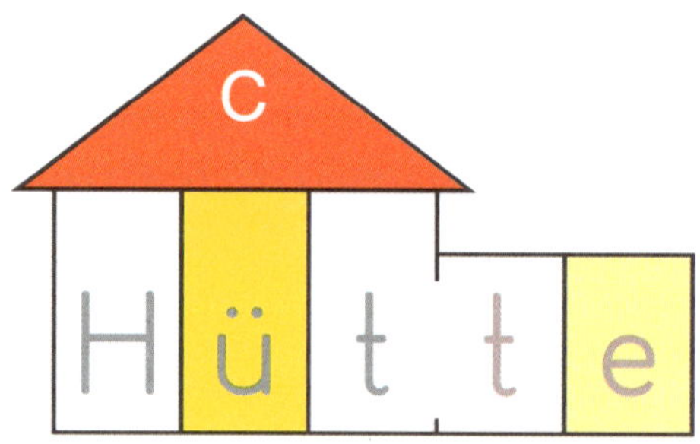

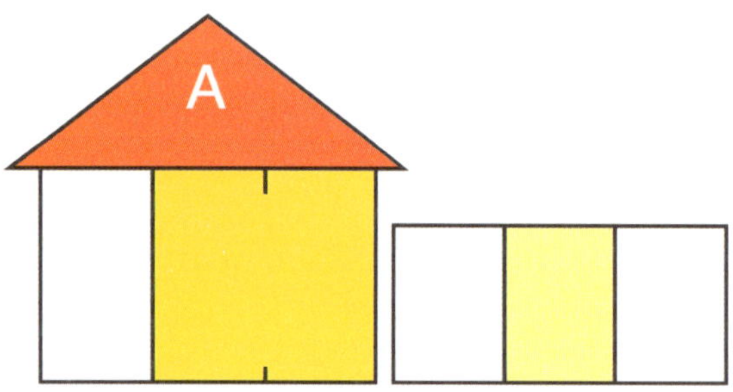

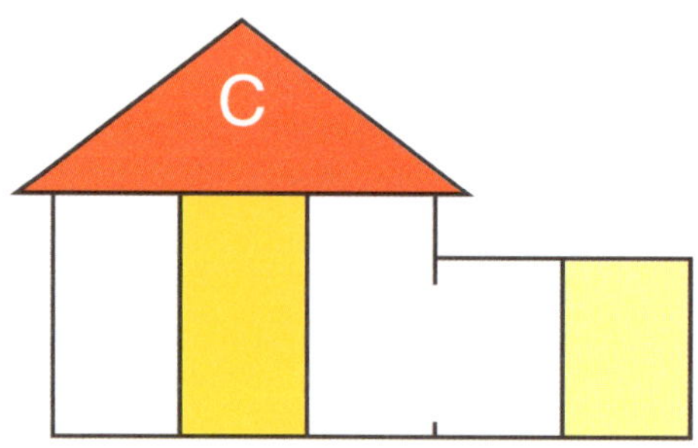

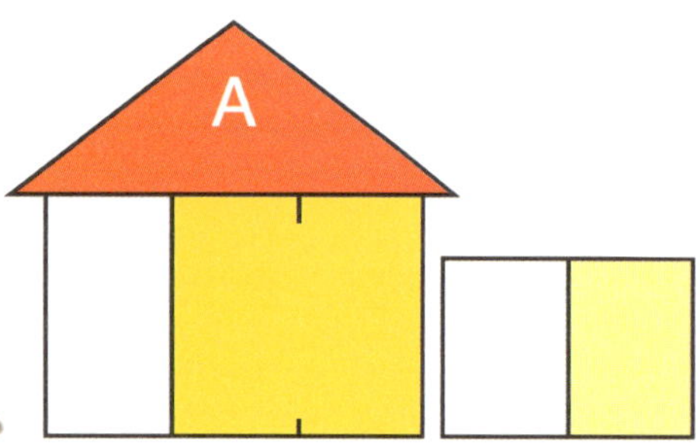

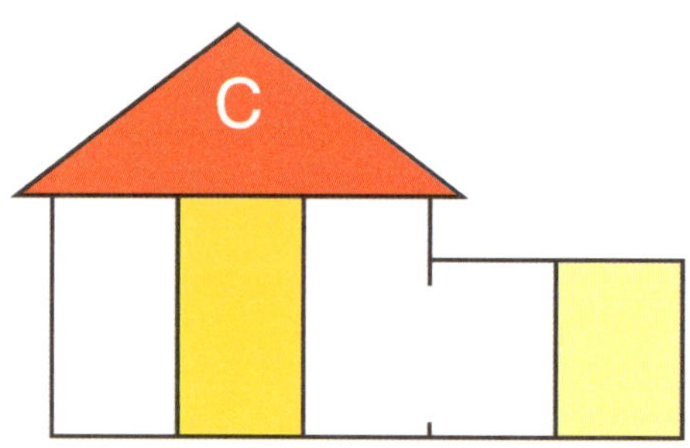

Doppelter Mitlaut, Kontrastpaare klatschen: Hüte – Hütte, Besen – Busse, Käse – Kasse
Häuschen-Rhythmus (lang – kurz) zum Anhören unter: www.abc-der-tiere.de/4

→ nach SAH Teil A, S. 33 / SB, S. 31

3. Sprich und klatsche die Nomen mit langem Selbstlaut und mit kurzem Selbstlaut.

4. Schreibe die Nomen in das richtige Häuschen.

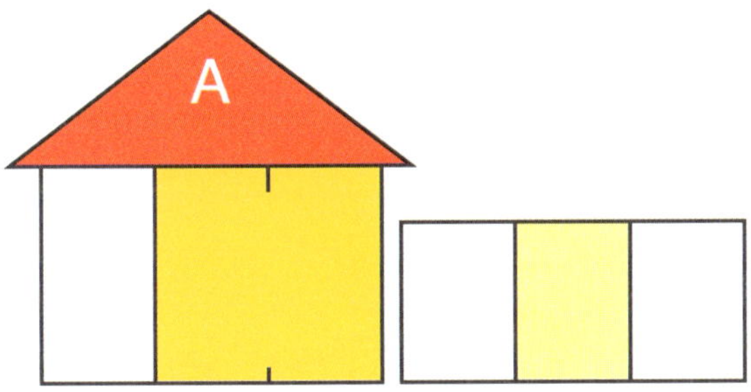

l/ll: Fü●er

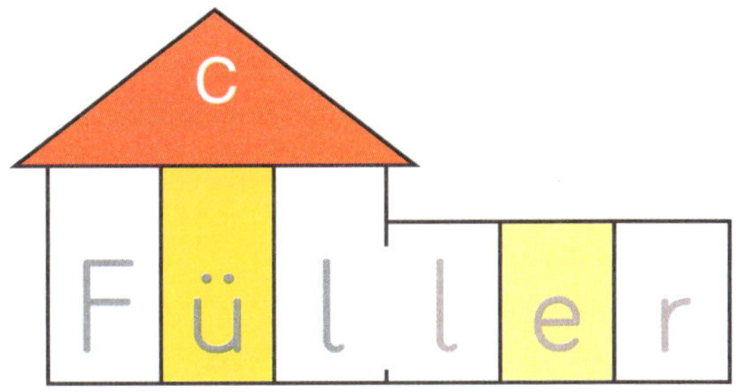

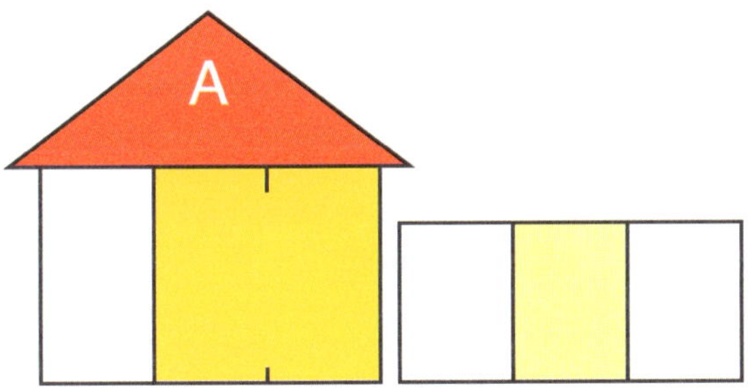

d/dd: Na●el

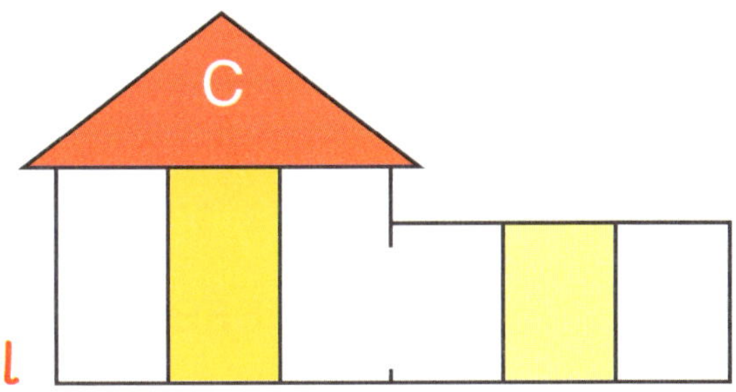

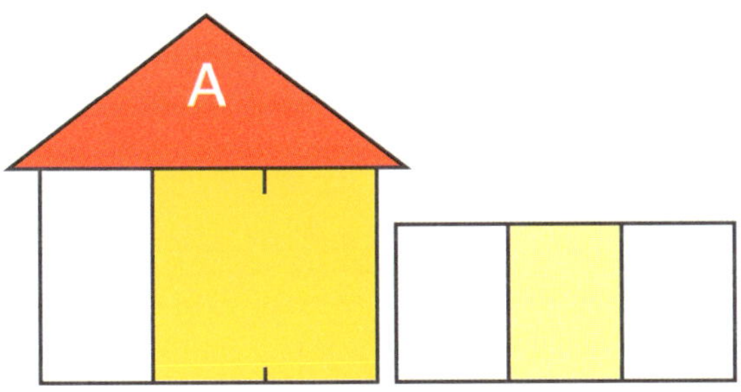

l/ll: Ro●er

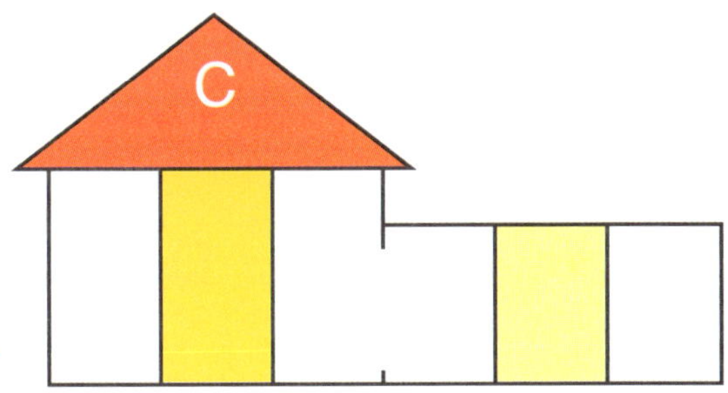

Häuschenprobe: A oder C?

Sprich ein Wort auf beide Arten. So kannst du entscheiden, ob ein doppelter Mitlaut geschrieben wird.

→ nach SAH Teil A, S. 33 / SB, S. 31

Wortschatztraining 2

1. Schreibe die Nomen in der Einzahl mit ● der ● die ● das und in der Mehrzahl mit ● die .

● der Affe

● die Affen

● der Bär

●

●

● die Mäuse

●

● die Koffer

2. Setze das passende Verb ein.

klettern | fliegen | schwimmen

Der Vogel kann ______.

Das Kind kann ______.

Der Affe kann ______.

→ nach SAH Teil A, S. 33 / SB, S. 31

Verben

Die er-Form hat die Endung „t".
spielen – er spielt

1. Schreibe die Verben in der Grundform und in der er-Form.

lachen – er lacht

malen –

spielen –

schreiben –

wünschen –

2. Setze die passende er-Form ein.

Timo ______ ein Bild.

Hanna ______ Fußball.

Max ______ einen Brief.

☺ 😐 ☹

Die er-Form mit doppeltem Mitlaut

rennen – er rennt

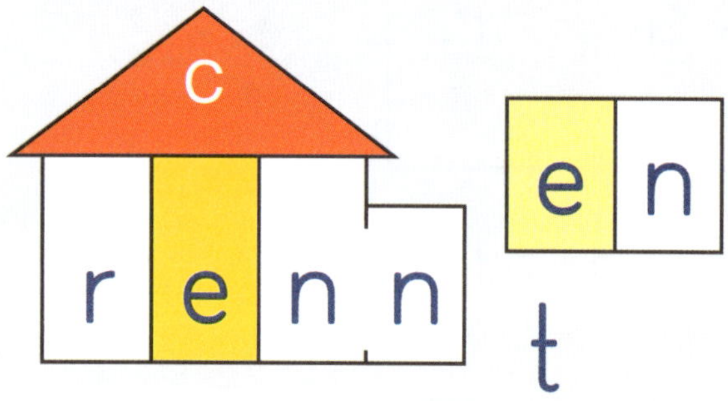

Wortstamm

Zuerst bilde ich den Wortstamm. Dann hänge ich t an. Achtung: Habe ich nn geschrieben?

1. Schreibe die Verben in der Grundform und in der er-Form.

~~kommen~~ rollen schwimmen stellen

kommen – er kommt

_______ – _______

_______ – _______

_______ – _______

2. Setze die passende er-Form ein.

Tim _______ nach Hause.

Lea _______ den Ball.

☺ 😐 ☹

→ nach SAH Teil A, S. 47 / SB, S. 43

Verbformen

1. Welche Verbform passt? Setze ein.

sagt	sagst	sage
sagen	sagen	sagt

ich ____ wir ____

du ____ ihr ____

er ____ sie ____

2. Setze die Verben in der richtigen Form ein.

Malte erzählt vom Frühstück am Sonntag:

decken — Ich ____ den Tisch.

kochen — Mutter ____ Kaffee.

kaufen — Vater ____ frische Brötchen.

essen — Dann ____ wir gemütlich.

Umlaute

Ä ä, Ö ö, Ü ü sind Umlaute.

a → ä   au → äu

1. Schreibe die Nomen in der Einzahl und in der Mehrzahl.

~~Glas~~ | Mann | Baum | Haus

das Glas | die Gläser

2. Setze das passende Nomen in der Mehrzahl ein.

Blatt | Maus

Am Baum sind viele  ________.

Im Stall sind viele  ________.

Umlaute in der er-Form – Wir leiten ab

1. Schreibe die Verben in der Grundform und in der er-Form.

~~waschen~~ | fangen | schlafen | laufen

waschen – er wäscht

__________ – __________

__________ – __________

__________ – __________

2. Setze die Verben in der er-Form ein.

fallen — Der Stift __________ vom Tisch.

tragen — Der Mann __________ die Kiste.

blasen — Der Wind __________ über die Felder.

schlagen — Eva __________ einen Nagel in die Wand.

☺ 😐 ☹

1. Schreibe die Nomen in der Einzahl und in der Mehrzahl.

● die Nuss

● ______

● das Feld

● ______

● ______

● die Bäume

● ______

● die Wiesen

2. Ergänze die Verben in der er-Form.

Die Kinder rennen schnell.

Hanna ______ auch schnell.

Die Kinder spielen Fußball.

Malte ______ auch Fußball.

Die Kinder pfeifen ein Lied.

Timo ______ auch ein Lied.

→ nach SAH Teil A, S. 47 / SB, S. 43

1. Schreibe die Verben in der Grundform und in der er-Form.

kochen – er kocht

gehen – ____

saugen – ____

wischen – ____

decken – ____

2. Setze das passende Verb in der richtigen Form ein.

Lena ____ den Boden.

Ben ____ das Zimmer.

Vater und Anna ____ den Tisch.

Mutter ____ das Essen.

Malte und Tim ____ zum Bäcker.

Adjektive

Adjektive beschreiben Nomen genauer (Wiewörter):
Wie ist jemand? Wie ist etwas?
Adjektive schreiben wir klein.
die braune Hose – Die Hose ist braun.

1. Schreibe die Sätze ab. Setze das passende Adjektiv ein.

kleine | graue

Das sind ⬮ Hunde.

Das sind ⬮ Hunde.

lange | braune

Lara hat ⬮ Haare.

Tina hat ⬮ Haare.

⇢ nach SAH Teil A, S. 61 / SB, S. 55

2. Verbinde die gegensätzlichen Adjektive.

laut	fleißig	groß
klein	leise	faul

3. Setze das passende Adjektiv ein.

Der Zwerg ist ______.

Der Riese ist ______.

Die Musik ist ______.

Sofia ist ______.

Der Hund liegt ______ im Korb.

Max macht ______ Hausaufgaben.

☺ 😐 ☹

1. Setze das passende Wort ein.

Straße	groß	weiß	Fuß
fleißig	heiß	süß	

Die Kinder lernen ________.

Schokolade ist ________.

Schnee ist ________.

Ein Elefant ist ________.

Der Ofen ist ________.

Autos fahren auf der ________.

Ben verletzt sich am ________.

☺ 😐 ☹

→ nach SAH Teil A, S. 61 / SB, S. 55

Lang oder kurz? – Doppelter Mitlaut

1. Sprich und klatsche die Nomen mit langem Selbstlaut und mit kurzem Selbstlaut.

2. Schreibe die Nomen in das richtige Häuschen.

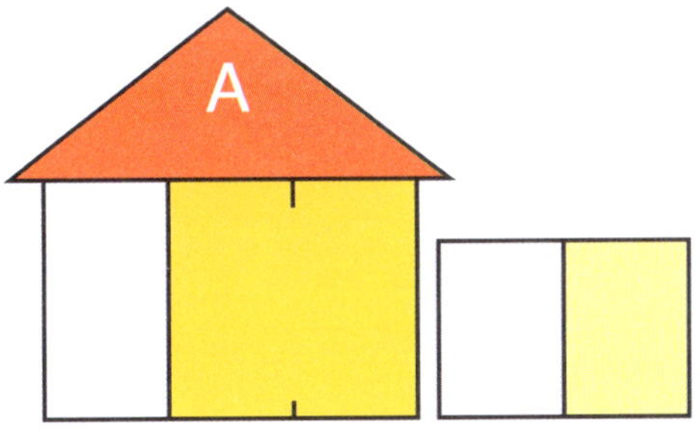

p/pp: Pu●e

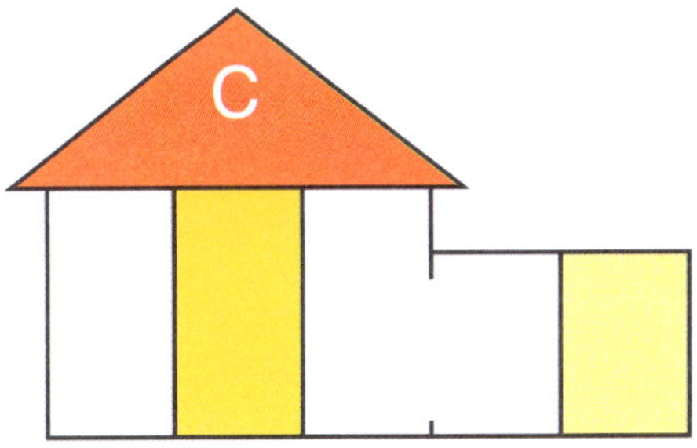

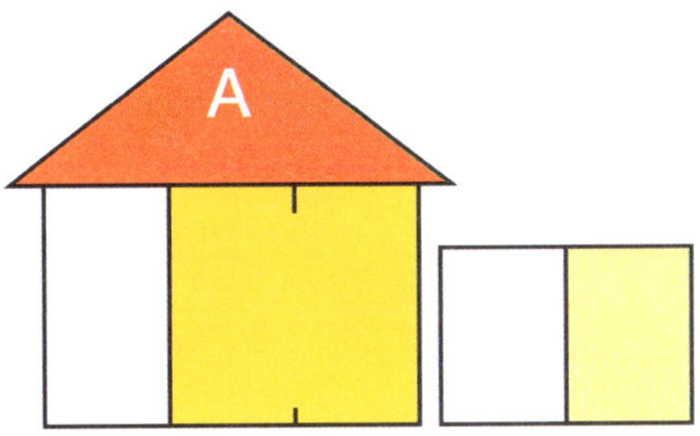

t/tt: Ke●e

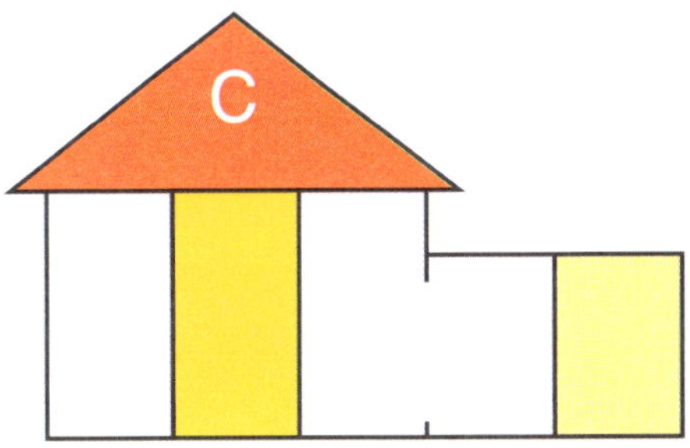

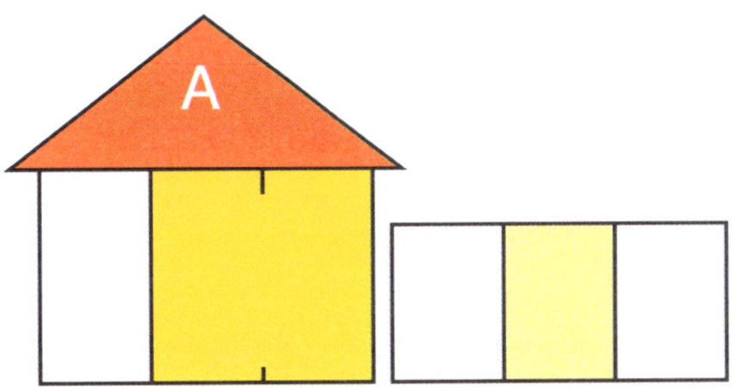

t/tt: Va●er

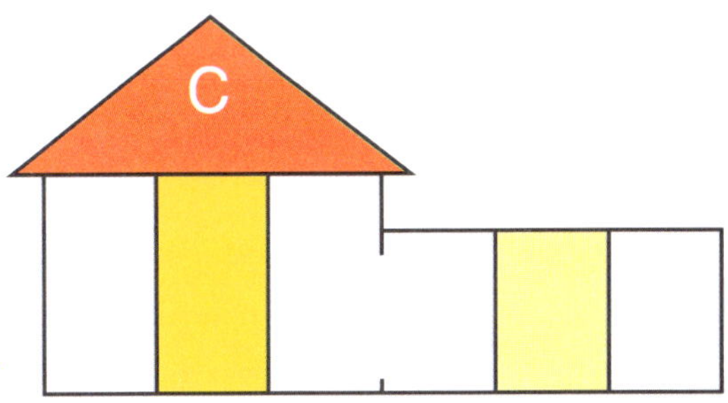

→ nach SAH Teil A, S. 61 / SB, S. 55

1. Schreibe die Nomen in der Einzahl und in der Mehrzahl.

die Gurke

______

der Vater

______

______

die Brüder

______

die Zimmer

2. Ergänze die Verben in der er-Form.

Die Kinder kochen Suppe.

Malte ______ auch Suppe.

Die Kinder gehen ins Kino.

Hanna ______ auch ins Kino.

Die Kinder kaufen Äpfel.

Aysun ______ auch Äpfel.

Zusammengesetzte Nomen

Zusammengesetzte Nomen

Nomen können wir zusammensetzen.
Die zusammengesetzten Nomen haben den Artikel des zweiten Nomens.
der Ritter, die Burg: die Ritterburg

1. Setze die Nomen zusammen. Schreibe so:

der Tisch — die Decke
die Tischdecke

die Kinder — das Buch

das Ohr — der Ring

2. Setze das passende zusammengesetzte Nomen ein.

Hanna liest in dem neuen ____________ .

☺ 😐 ☹

1. Schreibe die Nomen in der Einzahl und in der Mehrzahl.

~~Schnecke~~	Ecke	Sack	Fleck

die Schnecke — die Schnecken

2. Schreibe die Verben in der Grundform und in der er-Form. Kreise ck ein.

~~backen~~	ticken	nicken	knacken

backen – er backt

–

–

–

☺ 😐 ☹

→ nach SAH Teil A, S. 75 / SB, S. 69

Lang oder kurz? – k oder ck

1. Sprich und klatsche die Nomen mit langem Selbstlaut
   und mit kurzem Selbstlaut.

2. Schreibe die Nomen in das richtige Häuschen.

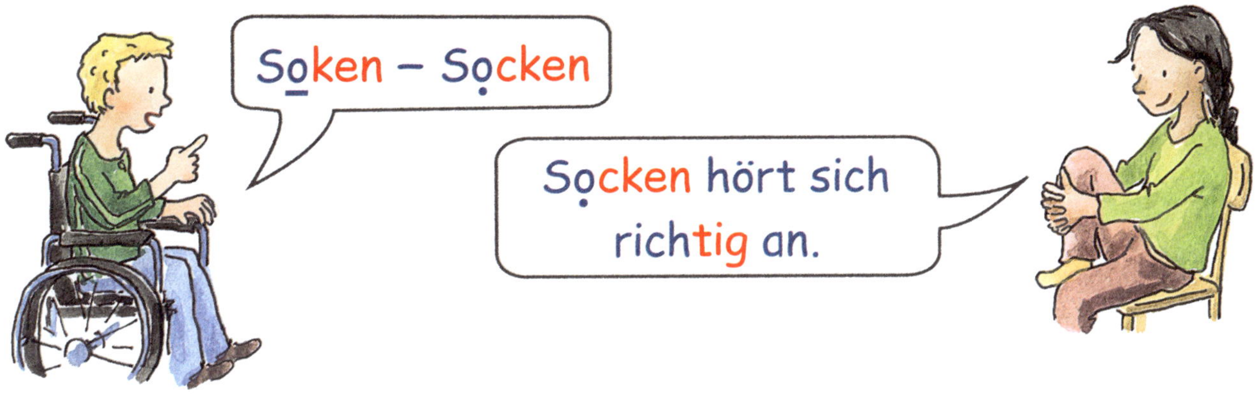

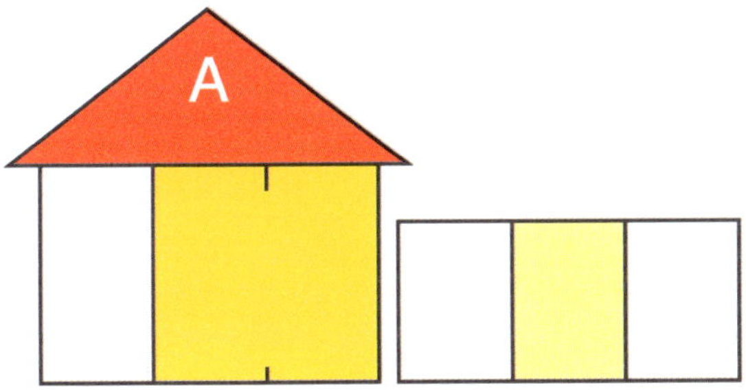

k/ck: So●en

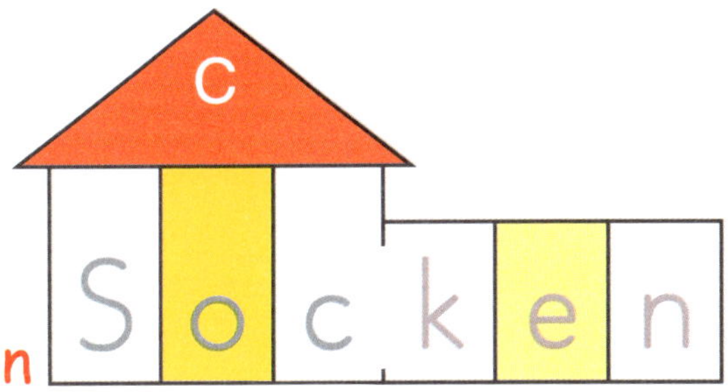

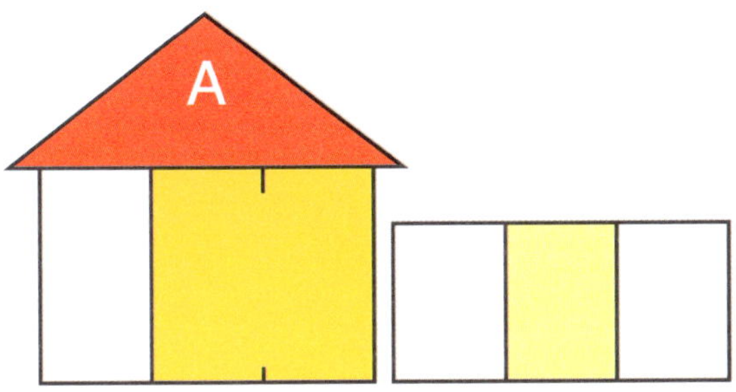

k/ck: We●er

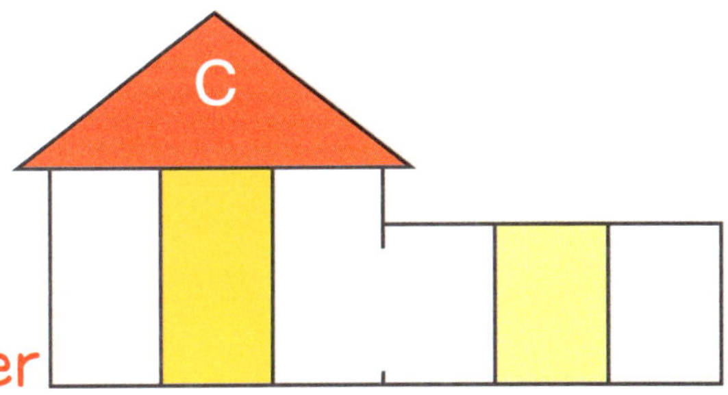

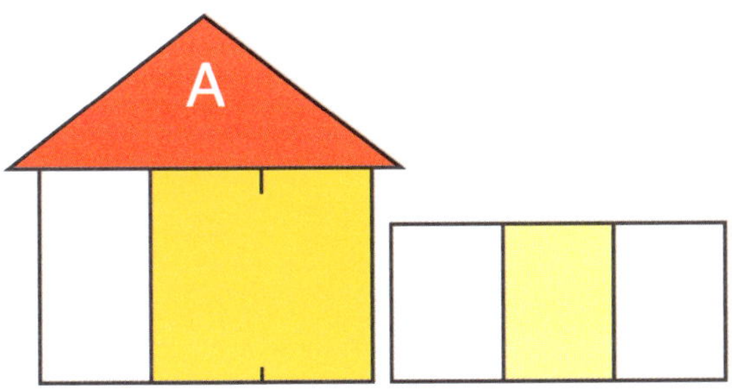

k/ck: Ha●en

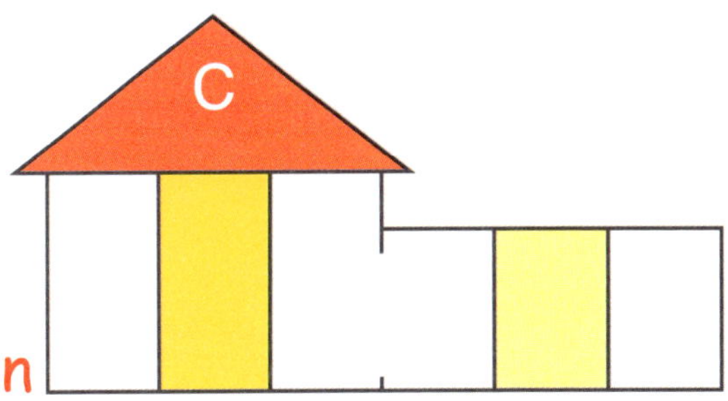

1. nk oder ng? Setze ein.
   Tipp: Hörst du in der zweiten Silbe k, dann schreibe nk.

E_ng_el

A_____er

Bli_____er

Kli_____el

E_____el

A_____el

Fi_____er

Le_____er

2. Setze nk oder ng ein. Schreibe die Sätze ab.

   Die Kinder si_____en Lieder.

   Schiffe können im Meer si_____en.

Wortschatztraining 5

1. Schreibe die Nomen in der Einzahl und in der Mehrzahl.

● der Wecker

●

● die Jacke

●

●

● die Sterne

●

● die Lieder

2. Ergänze die Verben in der er-Form.

Die Kinder singen Lieder.

Malte ______ auch Lieder.

Die Kinder trinken Wasser.

Luise ______ auch Wasser.

Die Kinder backen Plätzchen.

Lukas ______ auch Plätzchen.

b – p, d – t, g – k: Wir verlängern

Bei diesen einsilbigen Wörtern hörst du am Ende t, k oder p.
Mit der zweisilbigen Form findest du den richtigen Buchstaben.

Hun___ — B: Hunde → Hund

er lie___t — A: liegen → er liegt

gel___ — B: gelbe → gelb

1. Nomen: g statt k, d statt t. Schreibe so:

Ber___ — Berge → Berg

Klei___ — ________ → ________

2. d oder t? Setze ein. Schreibe den Satz ab.

Das Pfer___ frisst auf der Wiese.

____

→ nach SAH Teil A, S. 94 / SB, S. 83

Nomen und Artikel

Nomen und Artikel

Namen von Menschen, Tieren, Pflanzen und Dingen sind Nomen. Wir schreiben sie groß.
Vor Nomen stehen oft Artikel (Begleiter):
– bestimmter Artikel: der, die, das
– unbestimmter Artikel: ein, eine

1. Kreise alle Nomen gelb ein.

Schule | vor | Buch | Garten | und | Hund

2. ein oder eine ? Schreibe die Nomen mit Artikel.

eine Schule | ein Buch
ein Garten | ein Hund

3. Kreise alle Nomen gelb ein.

Blume | Tisch | hustet | Haus | Baum | in

4. der die das ? Schreibe die Nomen mit Artikel.

die Blume | der Tisch
das Haus | der Baum

Einzahl – Mehrzahl

Einzahl / Mehrzahl

Nomen gibt es in der Einzahl und in der Mehrzahl.
Der Artikel in der Mehrzahl ist immer: die.

1. Schreibe die Nomen in der Einzahl und in der Mehrzahl.

~~die Tasche~~ | ~~der Hase~~ | ~~das Kind~~
~~der Tisch~~ | ~~der Stift~~ | ~~die Frau~~

	Einzahl	Mehrzahl
	die Tasche	die Taschen
	das Kind	die Kinder
	der Stift	die Stifte
	der Hase	die Hasen
	der Tisch	die Tische
	die Frau	die Frauen

Nomen

1. Schreibe ab. Setze das passende Nomen ein.

~~Zug~~ | ~~Berge~~ | ~~Auto~~ | ~~Brillen~~ | ~~Hosen~~

Die Leute fahren mit dem  weg.

Die Leute fahren mit dem Auto weg.

Viele Leute fahren auch mit dem .

Viele Leute fahren auch mit dem Zug.

Sie reisen in die .

Sie reisen in die Berge.

Im Koffer sind  und .

Im Koffer sind Hosen und Brillen.

Wortschatztraining 1

1. Schreibe die Nomen in der Einzahl mit ● der ● die ● das und in der Mehrzahl mit ● die .

● die Blume
die Blumen

● die Raupe
die Raupen

● das Schiff
die Schiffe

● der Hund
die Hunde

● die Brille
die Brillen

● das Blatt
die Blätter

● das Kind
die Kinder

● die Glocke
die Glocken

ABC der Tiere 2 – Übungsheft: Lösungen (Seite 8 – 11)

Nach dem Abc ordnen

1. Kreise den ersten Buchstaben ein.
   Ordne die Nomen nach dem ersten Buchstaben.

Ⓔsel

Ⓟinsel

Ⓕeder

1. Esel 2. Feder 3. Pinsel

2. Die ersten Buchstaben sind gleich.
   Kreise den zweiten Buchstaben ein.
   Ordne die Nomen nach dem zweiten Buchstaben.

EⓈel

EⓃte

1. Ente
2. Esel

3. Suche die Nomen im Wörterbuch.
   Schreibe die Seitenzahl auf.

Feder: Seite ☐ Ente: Seite ☐

Esel: Seite ☐ Pinsel: Seite ☐

Wörterbuchangaben individuell

☺ 😐 ☹

Verben

Verben

Verben sagen uns, was jemand tut (Tunwörter).
Verben schreiben wir klein.

1. Kreise alle Verben grün ein.

(werfen)	Tisch	(reiten)	Haus	(rennen)
Bett	(singen)	Eis	(turnen)	Schule

2. Was können die Kinder tun? Setze die Verben ein.

Malte kann reiten.

Hanna kann turnen.

Mio kann singen.

Mia kann rennen.

Max kann werfen.

☺ 😐 ☹

Aussagesatz

Aussagesatz

Am Satzanfang schreiben wir groß.
Am Satzende steht ein Punkt.

1. Verbinde die Nomen mit dem passenden Verb.

Kinder – spielen
Autos – hupen
Hunde – bellen
Vögel – fliegen
Blumen – blühen

2. Bilde Sätze. Schreibe die Sätze. Kreise so ein.

Ⓓie Kinder spielen⦾

Ⓓie Vögel fliegen⦾

Ⓓie Autos hupen⦾

Ⓓie Hunde bellen⦾

Ⓓie Blumen blühen⦾

☺ 😐 ☹

Großschreibung

1. Hier sind alle Nomen und Satzanfänge kleingeschrieben.
   Unterstreiche die Nomen. Kreise den Satzanfang ein.
   Schreibe die Sätze richtig.

D K B
ⓓie <u>kinder</u> besuchen einen <u>bauernhof</u>.

Ⓓie <u>Kinder</u> besuchen einen <u>Bauernhof</u>.

D T
ⓓort sehen sie viele <u>tiere</u>.

Ⓓort sehen sie viele <u>Tiere</u>.

D K W
ⓓie <u>kühe</u> stehen auf der <u>wiese</u>.

Ⓓie <u>Kühe</u> stehen auf der <u>Wiese</u>.

D H
ⓓer <u>hahn</u> kräht laut.

Ⓓer <u>Hahn</u> kräht laut.

D B K
ⓓie <u>bäuerin</u> begrüßt die <u>kinder</u>.

Ⓓie <u>Bäuerin</u> begrüßt die <u>Kinder</u>.

☺ 😐 ☹

Lang oder kurz? – Doppelter Mitlaut

1. Welche Wörter gehören zu den Bildern? Sprich und klatsche die Wörter.
2. Schreibe die Wörter in die Häuschen.

In Hüte spreche ich ü lang. Ich schreibe das Wort in Häuschen A.

In Hütte spreche ich ü kurz. Ich schreibe das Wort in Häuschen C mit tt.

A: H ü t e

C: H ü t t e

A: B e s e n

C: B u s s e

A: K ä s e

C: K a s s e

3. Sprich und klatsche die Nomen mit langem Selbstlaut und mit kurzem Selbstlaut.
4. Schreibe die Nomen in das richtige Häuschen.

Füler – Füller

Füller hört sich richtig an.

A: (leer)

l/ll: Fü●er
C: F ü l l e r

A: N a d e l

d/dd: Na●el
C: (leer)

A: (leer)

l/ll: Ro●er
C: R o l l e r

☺ 😐 ☹

Häuschenprobe: A oder C?

Sprich ein Wort auf beide Arten. So kannst du entscheiden, ob ein doppelter Mitlaut geschrieben wird.

Wortschatztraining 2

1. Schreibe die Nomen in der Einzahl mit ● der ● die ● das und in der Mehrzahl mit ● die .

● der Affe
die Affen

● der Bär
die Bären

● die Maus
die Mäuse

● der Koffer
die Koffer

2. Setze das passende Verb ein.

~~klettern~~ ~~fliegen~~ ~~schwimmen~~

Der Vogel kann fliegen.

Das Kind kann schwimmen.

Der Affe kann klettern.

Verben: Die er-Form

Verben

Die er-Form hat die Endung „t".
spielen – er spielt

1. Schreibe die Verben in der Grundform und in der er-Form.

lachen – er lacht
malen – er malt
spielen – er spielt
schreiben – er schreibt
wünschen – er wünscht

2. Setze die passende er-Form ein.

Timo malt ein Bild.

Hanna spielt Fußball.

Max schreibt einen Brief.

☺ 😐 ☹

Die er-Form mit doppeltem Mitlaut

rennen – er rennt

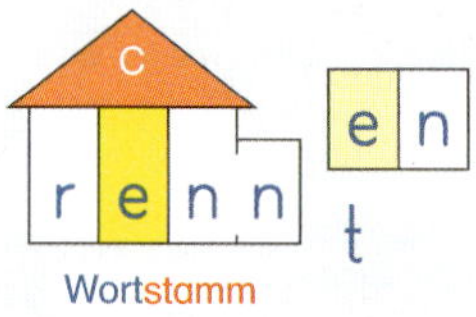

1. Schreibe die Verben in der Grundform und in der er-Form.

~~kommen~~ ~~rollen~~ ~~schwimmen~~ ~~stellen~~

kommen – er kommt

rollen – er rollt

schwimmen – er schwimmt

stellen – er stellt

2. Setze die passende er-Form ein.

Tim kommt nach Hause.

Lea rollt den Ball.

☺ 😐 ☹

Verbformen

1. Welche Verbform passt? Setze ein.

~~sagt~~ ~~sagst~~ ~~sage~~
~~sagen~~ ~~sagen~~ ~~sagt~~

ich sage — wir sagen

du sagst — ihr sagt

er sagt — sie sagen

2. Setze die Verben in der richtigen Form ein.

Malte erzählt vom Frühstück am Sonntag:

decken — Ich decke den Tisch.

kochen — Mutter kocht Kaffee.

kaufen — Vater kauft frische Brötchen.

essen — Dann essen wir gemütlich.

☺ 😐 ☹

Umlaute Ä / ä und Äu / äu – Wir leiten ab

Umlaute
Ä ä, Ö ö, Ü ü sind Umlaute.
a → ä au → äu

1. Schreibe die Nomen in der Einzahl und in der Mehrzahl.

~~Glas~~ ~~Mann~~ ~~Baum~~ ~~Haus~~

das Glas — die Gläser

der Mann — die Männer

der Baum — die Bäume

das Haus — die Häuser

2. Setze das passende Nomen in der Mehrzahl ein.

~~Blatt~~ ~~Maus~~

Am Baum sind viele  Blätter.

Im Stall sind viele  Mäuse.

☺ 😐 ☹

Umlaute in der er-Form – Wir leiten ab

1. Schreibe die Verben in der Grundform und in der er-Form.

~~waschen~~ ~~fangen~~ ~~schlafen~~ ~~laufen~~

waschen – er wäscht

schlafen – er schläft

fangen – er fängt

laufen – er läuft

2. Setze die Verben in der er-Form ein.

fallen — Der Stift fällt vom Tisch.

tragen — Der Mann trägt die Kiste.

blasen — Der Wind bläst über die Felder.

schlagen — Eva schlägt einen Nagel in die Wand.

☺ 😐 ☹

Wortschatztraining 3

1. Schreibe die Nomen in der Einzahl und in der Mehrzahl.

die Nuss
die Nüsse

das Feld
die Felder

der Baum
die Bäume

die Wiese
die Wiesen

2. Ergänze die Verben in der er-Form.

Die Kinder rennen schnell.
Hanna rennt auch schnell.

Die Kinder spielen Fußball.
Malte spielt auch Fußball.

Die Kinder pfeifen ein Lied.
Timo pfeift auch ein Lied.

Verben

1. Schreibe die Verben in der Grundform und in der er-Form.

kochen – er kocht
gehen – er geht
saugen – er saugt
wischen – er wischt
decken – er deckt

2. Setze das passende Verb in der richtigen Form ein.

Lena wischt den Boden.

Ben saugt das Zimmer.

Vater und Anna decken den Tisch.

Mutter kocht das Essen.

Malte und Tim gehen zum Bäcker.

☺ 😐 ☹

Adjektive

Adjektive

Adjektive beschreiben Nomen genauer (Wiewörter):
Wie ist jemand? Wie ist etwas?
Adjektive schreiben wir klein.
die braune Hose – Die Hose ist braun.

1. Schreibe die Sätze ab. Setze das passende Adjektiv ein.

~~kleine~~ ~~graue~~

Das sind ● Hunde.
Das sind graue Hunde.

Das sind ● Hunde.
Das sind kleine Hunde.

~~lange~~ ~~braune~~

Lara hat ● Haare.
Lara hat braune Haare.

Tina hat ● Haare.
Tina hat lange Haare.

2. Verbinde die gegensätzlichen Adjektive.

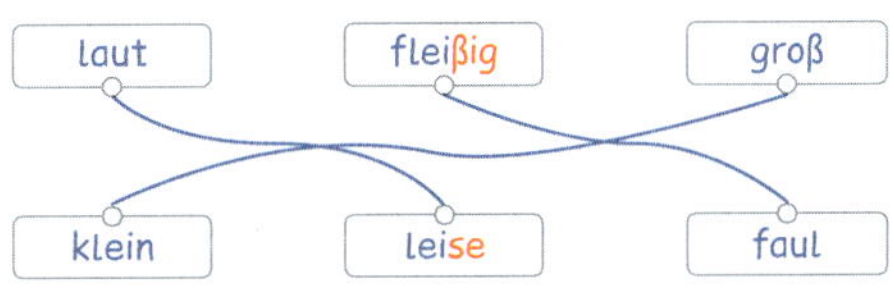

3. Setze das passende Adjektiv ein.

Der Zwerg ist klein.

Der Riese ist groß.

Die Musik ist laut.

Sofia ist leise.

Der Hund liegt faul im Korb.

Max macht fleißig Hausaufgaben.

☺ 😐 ☹

Wörter mit ß

1. Setze das passende Wort ein.

~~Straße~~ ~~groß~~ ~~weiß~~ ~~Fuß~~ ~~fleißig~~ ~~heiß~~ ~~süß~~

Die Kinder lernen fleißig.

Schokolade ist süß.

Schnee ist weiß.

Ein Elefant ist groß.

Der Ofen ist heiß.

Autos fahren auf der Straße.

Ben verletzt sich am Fuß.

☺ 😐 ☹

Lang oder kurz? – Doppelter Mitlaut

1. Sprich und klatsche die Nomen mit langem Selbstlaut und mit kurzem Selbstlaut.
2. Schreibe die Nomen in das richtige Häuschen.

p/pp: Pu●e

C: P u p p e

t/tt: Ke●e

C: K e t t e

A: V a t e r

t/tt: Va●er

☺ 😐 ☹

Wortschatztraining 4

1. Schreibe die Nomen in der Einzahl und in der Mehrzahl.

● die Gurke
die Gurken

● der Vater
die Väter

● der Bruder
die Brüder

● das Zimmer
die Zimmer

2. Ergänze die Verben in der er-Form.

Die Kinder kochen Suppe.
Malte kocht auch Suppe.

Die Kinder gehen ins Kino.
Hanna geht auch ins Kino.

Die Kinder kaufen Äpfel.
Aysun kauft auch Äpfel.

Zusammengesetzte Nomen

Zusammengesetzte Nomen

Nomen können wir zusammensetzen.
Die zusammengesetzten Nomen haben den Artikel des zweiten Nomens.
der Ritter, die Burg: die Ritterburg

1. Setze die Nomen zusammen. Schreibe so:

der Tisch – die Decke
die Tischdecke

die Kinder – das Buch
das Kinderbuch

das Ohr – der Ring
der Ohrring

2. Setze das passende zusammengesetzte Nomen ein.

Hanna liest in dem neuen Kinderbuch.

☺ 😐 ☹

Wörter mit ck

1. Schreibe die Nomen in der Einzahl und in der Mehrzahl.

~~Schnecke~~ ~~Ecke~~ ~~Sack~~ ~~Fleck~~

die Schnecke	die Schnecken
die Ecke	die Ecken
der Sack	die Säcke
der Fleck	die Flecken

2. Schreibe die Verben in der Grundform und in der er-Form. Kreise ck ein.

~~backen~~ ~~ticken~~ ~~nicken~~ ~~knacken~~

backen	– er backt
ticken	– er tickt
nicken	– er nickt
knacken	– er knackt

☺ 😐 ☹

Lang oder kurz? – k oder ck

1. Sprich und klatsche die Nomen mit langem Selbstlaut und mit kurzem Selbstlaut.

2. Schreibe die Nomen in das richtige Häuschen.

A: [ ] [ ] [ ] [ ]

k/ck: So●en

C: S o c k e n

A: [ ] [ ] [ ] [ ]

k/ck: We●er

C: W e c k e r

A: H a k e n

k/ck: Ha●en

C: [ ] [ ] [ ] [ ]

☺ 😐 ☹

nk oder ng – Höre den Unterschied

1. nk oder ng? Setze ein.
Tipp: Hörst du in der zweiten Silbe k, dann schreibe nk.

Engel

Anker

Blinker

Klingel

Enkel

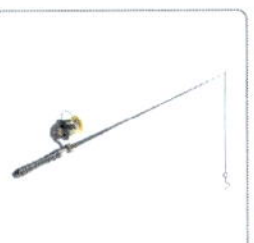

Angel

Finger

Lenker

2. Setze nk oder ng ein. Schreibe die Sätze ab.

Die Kinder singen Lieder.

Die Kinder singen Lieder.

Schiffe können im Meer sinken.

Schiffe können im Meer sinken.

☺ 😐 ☹

Wortschatztraining 5

1. Schreibe die Nomen in der Einzahl und in der Mehrzahl.

- der Wecker
- die Wecker

- die Jacke
- die Jacken

- der Stern
- die Sterne

- das Lied
- die Lieder

2. Ergänze die Verben in der er-Form.

Die Kinder singen Lieder.
Malte singt auch Lieder.

Die Kinder trinken Wasser.
Luise trinkt auch Wasser.

Die Kinder backen Plätzchen.
Lukas backt auch Plätzchen.

b – p, d – t, g – k: Wir verlängern

Bei diesen einsilbigen Wörtern hörst du am Ende t, k oder p.
Mit der zweisilbigen Form findest du den richtigen Buchstaben.

Hun d	B: Hu n de	→	Hund
er lie g t	A: l ie ge n	→	er liegt
gel b	B: ge l be	→	gelb

1. Nomen: g statt k, d statt t. Schreibe so:

Ber g — Berge → Berg

Klei d — Kleider → Kleid

2. d oder t? Setze ein. Schreibe den Satz ab.

Das Pfer d frisst auf der Wiese.

Das Pferd frisst auf der Wiese.

3. Verben: g statt k, b statt p. Schreibe so:

er sa g t — sagen → er sagt
er fra g t — fragen → er fragt
er ü b t — üben → er übt

4. b oder p? Setze ein. Schreibe den Satz ab.

Malte schie b t seinen Roller.

Malte schiebt seinen Roller.

5. Adjektive: d statt t, g statt k. Schreibe so:

run d — der runde Tisch → rund
klu g — das kluge Kind → klug
frem d — der fremde Hund → fremd

6. b oder p? Setze ein. Schreibe den Satz ab.

Die Tasche ist gel b .

Die Tasche ist gelb.

☺ 😐 ☹

Fragesatz

Fragesatz

Mit Fragewörtern können wir gezielt Fragesätze schreiben.
Wer, wo, wann, warum, wie, was …
Am Ende setzen wir ein Fragezeichen „?".

1. Kreise die Fragewörter ein. Setze das Fragezeichen.

2. Verbinde die Fragen mit der passenden Antwort.

(Wo) warst du in den Ferien(?)	Ich war bei meinen Großeltern.
(Was) hast du gemacht(?)	Ich habe Pfeile und einen Bogen gebastelt.
(Wer) hat dir geholfen(?)	Mein Opa hat mir geholfen.

3. Welches Fragewort passt? Schreibe die Sätze ab.
Vergiss das Fragezeichen nicht.

~~Warum …?~~ ~~Wie …?~~

● heißt du

Wie heißt du?

● bist du traurig

Warum bist du traurig?

☺ 😐 ☹

Wortschatztraining 6

1. Schreibe die Nomen in der Einzahl und in der Mehrzahl.

● die Hand
die Hände

● der Freund
die Freunde

● das Kleid
die Kleider

● der Tag
die Tage

2. Ergänze die Verben in der er-Form.

Die Kinder fragen die Eltern.
Hanna fragt auch die Eltern.

Die Kinder sagen Reime auf.
Murat sagt auch Reime auf.

Die Kinder schreiben.
Lena schreibt auch.

Adjektive

1. Kreise alle Adjektive braun ein.

PFERD	AM	(LEISE)	UND
(DICK)	STEIN	WALD	(SAUBER)
BAUM	(SCHWER)	BEI	LESEN

2. Setze die Adjektive ein.

~~kalte~~ ~~kalt~~ ~~große~~ ~~groß~~ ~~heiß~~ ~~klein~~

Die Suppe ist heiß.

Der Saft ist kalt.

Der kalte Saft kühlt.

Das Pony ist klein.

Das Pferd ist groß.

Das große Pferd trabt.

3. Erweitere die Sätze mit dem passenden Adjektiv. Schreibe auf.

~~gelbe~~ ~~weiche~~ ~~schönes~~ ~~reifen~~

Hanna malt ein Bild.

Hanna malt ein schönes Bild.

Papa schüttelt das Kissen.

Papa schüttelt das weiche Kissen.

Die Kinder basteln Blumen.

Die Kinder basteln gelbe Blumen.

Malte pflückt einen Apfel.

Malte pflückt einen reifen Apfel.

☺ 😐 ☹

Nachsilbe -chen

Nachsilbe -chen

An Nomen können wir die Nachsilbe -chen anhängen.
Bei diesen Nomen wird aus:
a → ä au → äu o → ö u → ü
Der Artikel in der Einzahl ist immer: das.
der Teller – das (kleine) Tellerchen

1. Schreibe die Nomen mit der Nachsilbe -chen auf.

der Schirm – das Schirmchen

die Gans – das Gänschen

der Rock – das Röckchen

das Haus – das Häuschen

die Blume – das Blümchen

2. Setze das passende Nomen mit -chen ein.

Hanna findet ein kleines Blümchen.

Die Puppe trägt ein Röckchen.

☺ 😐 ☹

Eu / eu oder Äu / äu?

1. Eu / eu oder Äu / äu? Setze ein.
Tipp: Schreibe ein Wort mit äu, wenn du ein verwandtes Wort mit au findest.

Euro	Bäume	Mäuse	Leute

2. Setze eu oder äu ein. Schreibe die Sätze ab.

Die Kinder räumen auf.

Die Kinder räumen auf.

Das Feuer ist heiß.

Das Feuer ist heiß.

In der Straße stehen viele Häuser.

In der Straße stehen viele Häuser.

☺ 😐 ☹

Großschreibung

1. Satzanfänge und Nomen schreiben wir groß.
   Verbessere die Satzanfänge im Text.
   Verbessere die Nomen im Text.

~~s~~S terntaler ist ein armes ~~m~~M ädchen.

~~e~~E s hat keine ~~e~~E ltern mehr.

~~s~~S terntaler verschenkt seine ~~k~~K leider.

~~d~~D ann fallen ~~s~~S terne vom ~~h~~H immel.

2. Schreibe den Text richtig.

Sterntaler ist ein armes Mädchen.

Es hat keine Eltern mehr.

Sterntaler verschenkt

seine Kleider.

Dann fallen Sterne vom Himmel.

☺ 😐 ☹

Wortschatztraining 7

1. Schreibe die Nomen in der Einzahl und in der Mehrzahl.

das Haus
die Häuser

der Stuhl
die Stühle

die Hexe
die Hexen

die Eule
die Eulen

2. Verbinde die gegensätzlichen Adjektive.

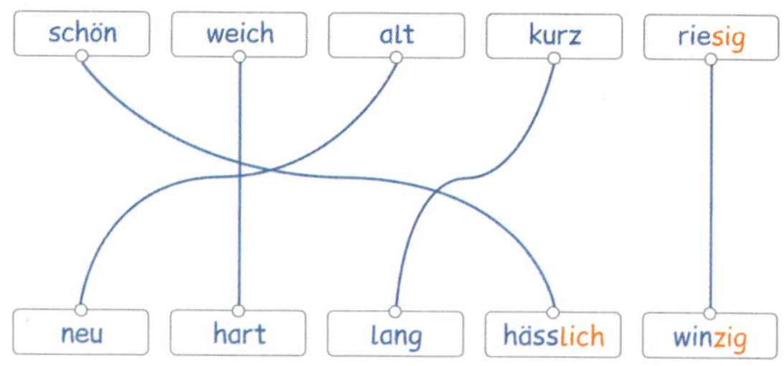

Zusammengesetzte Nomen

1. Bilde aus den Wörtern zusammengesetzte Nomen.
   Schreibe sie zu dem passenden Bild.

~~Apfel~~ ~~Haus~~ ~~Tür~~ ~~Burg~~ ~~Ritter~~ ~~Baum~~

die Haustür

der Apfelbaum

die Ritterburg

2. Trenne die zusammengesetzten Nomen durch einen Strich.
   Schreibe die einzelnen Nomen mit Artikel auf.

Butter|blume

die Butter — die Blume

Schnee|flocke

der Schnee — die Flocke

☺ 😐 ☹

Aufforderungssatz

Aufforderungssatz

Nach Aufforderungen steht ein Ausrufezeichen „!".

1. Setze am Ende der Aufforderungssätze ein Ausrufezeichen.

2. Schreibe die Aufforderungssätze ab.
   Vergiss das Ausrufezeichen nicht.

Geh nach Hause!

Beeile dich!

Spiele in deinem Zimmer!

☺ 😐 ☹

i oder ie in der ersten Silbe

1. i oder ie? Schreibe die Wörter in die richtige Spalte.
   Tipp: Schreibe ie, wenn kein Stopper folgt.

K_i_ste | Sch_ie_ne | W_ie_se | T_i_nte
s_ie_ben | w_i_nken | g_ie_ßen | W_i_nter

Wörter mit i	Wörter mit ie
Kiste	Schiene
Tinte	Wiese
winken	sieben
Winter	gießen

2. i oder ie? Schreibe zuerst die zweisilbige Form, dann die einsilbige Form.

Sch_i_ld — Schilder → Schild

Br_ie_f — Briefe → Brief

T_ie_r — Tiere → Tier

☺ 😐 ☹

Lang oder kurz? – i oder ie

1. Sprich und klatsche die Nomen mit langem Selbstlaut und mit kurzem Selbstlaut.
2. Schreibe die Nomen in das richtige Häuschen.

K●ssen — C: K i s s e n

B●ne — A: B ie n e

W●ge — A: W ie g e

☺ 😐 ☹

Wörter mit ch

1. ch kann wie in „Milch“ oder wie in „Buch“ klingen.
   Lies die Wörter laut. Wie klingt ch?

~~Teich~~ | ~~suchen~~ | ~~weich~~ | ~~Dach~~
~~leicht~~ | ~~reich~~ | ~~machen~~ | ~~Woche~~

2. Schreibe die Wörter in die richtige Spalte.

ch wie in Milch	ch wie in Buch
Teich	suchen
weich	Dach
leicht	machen
reich	Woche

3. Setze das passende Wort mit ch ein.

Die Enten schwimmen im Teich.

Das Haus hat ein rotes Dach.

☺ 😐 ☹

Wortschatztraining 8

1. Schreibe die Nomen in der Einzahl und in der Mehrzahl.

● der Käfer
die Käfer

● das Spiel
die Spiele

● die Biene
die Bienen

● der Fuchs
die Füchse

2. Ergänze die Verben in der er-Form.

Die Kinder liegen im Bett.
Lara liegt auch im Bett.

Die Kinder gießen Blumen.
Malte gießt auch Blumen.

Die Kinder spielen.
Lena spielt auch.

Vorsilben ver- und vor-

1. Verbinde die Vorsilben mit den Verben. Schreibe auf.

vor- — spielen — vorspielen
vor- — lesen — vorlesen
ver- — schreiben — verschreiben
ver- — lassen — verlassen

2. Setze vor- oder ver- ein. Schreibe die Sätze ab.

Hanna will den Text vor lesen.
Hanna will den Text vorlesen.

Max will das Haus ver lassen.
Max will das Haus verlassen.

Lena will auf der Flöte vor spielen.
Lena will auf der Flöte vorspielen.

Der Arzt ver schreibt Hustensaft.
Der Arzt verschreibt Hustensaft.

☺ 😐 ☹

Wörter mit Sp und St

Sp oder St am Wortanfang
Vor p und t sprechen wir sch,
wir schreiben aber Sp und St.

1. Sp oder St? Setze ein.

St uhl

Sp iegel

St ift

Sp inne

2. Setze sp oder st ein. Schreibe die Sätze ab.

Aysun sp ielt Fußball.
Aysun spielt Fußball.

Max st eht neben Hanna.
Max steht neben Hanna.

Malte kann weit sp ringen.
Malte kann weit springen.

☺ 😐 ☹

Wortfeld „sehen“

1. Schreibe die Sätze ab.
Setze in jedem Satz für „sieht“ ein passendes Verb ein.

~~betrachtet~~ ~~blickt~~ ~~entdeckt~~ ~~beobachtet~~

Timo sieht Ameisen.
Timo entdeckt Ameisen.

Hanna sieht das Bild.
Hanna betrachtet
das Bild.

Malte sieht durch das Fernrohr.
Malte blickt durch
das Fernrohr.

Lena sieht die Vögel.
Lena beobachtet
die Vögel.

☺ 😐 ☹

Wörter mit Besonderheiten

1. Welche Wörter reimen sich? Verbinde.

Hase — Vase
Hai — Mai
Kater — Vater

2. Finde die drei Fehler und verbessere sie.
Schreibe die Sätze richtig.

Der H~~e~~ai schwimmt im Meer.
Der Hai schwimmt
im Meer.

In der ~~W~~Vase sind Blumen.
In der Vase sind Blumen.

~~F~~Vater und Sohn gehen ins Kino.
Vater und Sohn gehen
ins Kino.

☺ 😐 ☹

Lang oder kurz? – Doppelter Mitlaut

1. Sprich und klatsche die Nomen mit langem Selbstlaut und mit kurzem Selbstlaut.
2. Schreibe die Nomen in das richtige Häuschen.

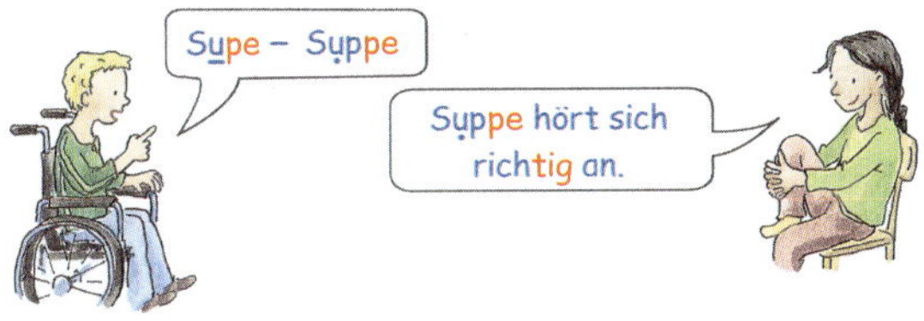

p/pp: Su●e

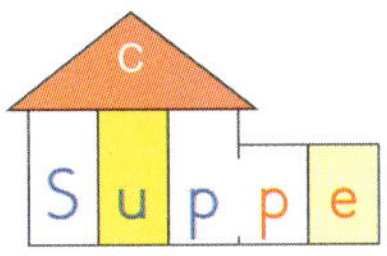

n/nn: Spi●e

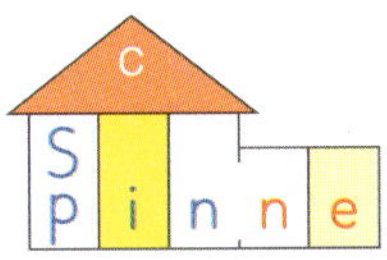

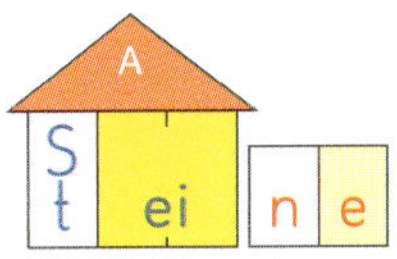

n/nn: Stei●e

Wortschatztraining 9

1. Schreibe die Nomen in der Einzahl und in der Mehrzahl.

die Stadt
die Städte

der Vogel
die Vögel

der See
die Seen

der Zoo
die Zoos

2. Ergänze die Verben in der er-Form.

Die Kinder verstecken sich.
Hanna versteckt sich auch.

Die Kinder entdecken Käfer.
Timo entdeckt auch Käfer.

Die Kinder begrüßen die Oma.
Sofia begrüßt die Oma auch.

Wörter mit Pf / pf

1. Setze F / f oder Pf / pf ein. Schreibe die Sätze ab.

Max f ährt mit dem Fahrrad zu seinem Pony.
Max fährt mit dem Fahrrad zu seinem Pony.

Im Stall stehen viele Pf erde.
Im Stall stehen viele Pferde.

Max füttert sein Pony mit einem A pf el.
Max füttert sein Pony mit einem Apfel.

Dann putzt er das F ell mit einer Bürste.
Dann putzt er das Fell mit einer Bürste.

Diagramme lesen

Die Kinder der Klasse 2 haben ein Balkendiagramm über ihre Hobbys erstellt.

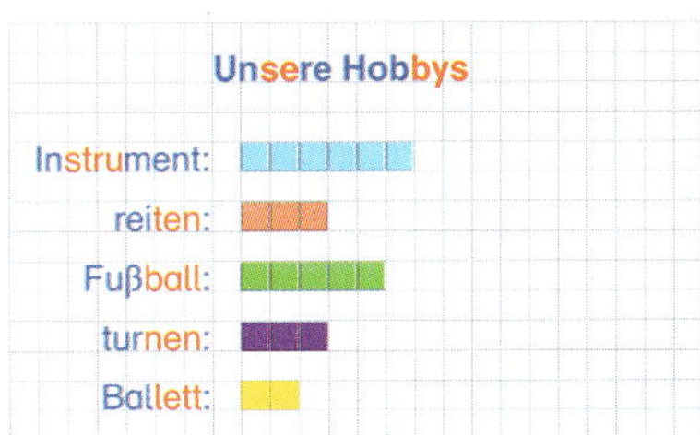

1. Ergänze die Lücken mithilfe des Diagramms.

In der Klasse 2 sind 19 Kinder.

Die meisten Kinder spielen ein Instrument.

Die wenigsten Kinder machen Ballett.

Fünf Kinder spielen Fußball.

Gleich viele Kinder reiten und turnen.

Wörter mit tz

1. Schreibe die Reimwörter mit tz.

~~flitzen~~ ~~Katze~~ ~~Blitz~~ ~~putzen~~

die Tatze	der Witz
die Katze	der Blitz
nutzen	ritzen
putzen	flitzen

2. Schreibe alle Verben in der Grundform und in der er-Form.

nutzen – er nutzt
putzen – er putzt
ritzen – er ritzt
flitzen – er flitzt

☺ 😐 ☹

Lang oder kurz? – z oder tz

1. Sprich und klatsche die Nomen mit langem Selbstlaut und mit kurzem Selbstlaut.
2. Schreibe die Nomen in das richtige Häuschen.

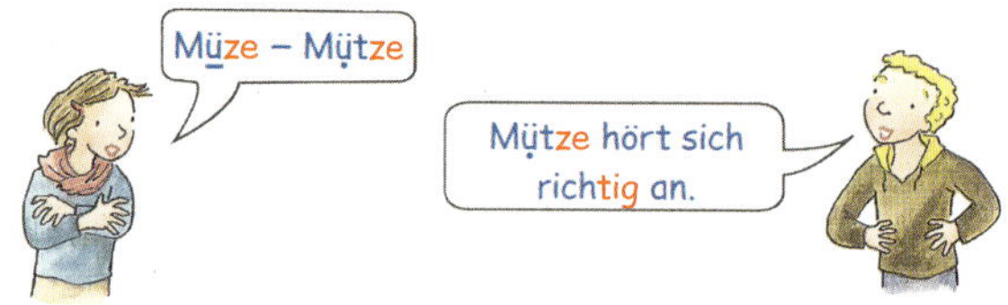

☺ 😐 ☹

Wortschatztraining 10

1. Schreibe die Nomen in der Einzahl und in der Mehrzahl.

● das Pferd
● die Pferde

● die Katze
● die Katzen

● der Spatz
● die Spatzen

● der Apfel
● die Äpfel

2. Ergänze die Verben in der er-Form.

Die Kinder schnitzen.
Luise schnitzt auch.

Die Kinder putzen die Zähne.
Murat putzt auch die Zähne.

Die Kinder spitzen Stifte.
Malte spitzt auch Stifte.

Wörter mit h vor l, m, n, r

Stummes h

In einsilbigen Wörtern, die auf l, m, n, r enden, steht vor diesen Buchstaben meistens ein h. Dieses h sprechen wir nicht.

1. Lies die Wörter mit dem stummen h.

~~kühl~~ ~~Rahm~~ ~~Jahr~~ ~~Bahn~~
~~sehr~~ ~~Hahn~~ ~~Zahl~~ ~~zahm~~

2. Ordne die Wörter nach dem letzten Buchstaben.

l	m
kühl	Rahm
Zahl	zahm

n	r
Bahn	Jahr
Hahn	sehr

☺ 😐 ☹

ihnen, ihm, ihn

1. Setze das passende Wort ein.

~~ihn~~ ~~ihm~~ ~~ihnen~~ ~~ihm~~

Der Schiffsjunge Piet klettert in das Boot.

Die Piraten geben ihm ein Ruder.

Alle rudern kräftig.

Bald erreichen sie die Insel.

Piet will auch an Land gehen.

Die Piraten helfen ihm aus dem Boot.

Nun versammeln sich alle Piraten um den Kapitän.

Der Kapitän will ihnen die Schatzkarte zeigen.

Piet schaut ihn gespannt an.

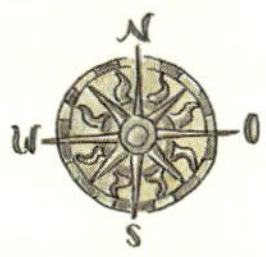

☺ 😐 ☹

Wortfeld „gehen“

1. Schreibe die Sätze ab.
   Setze in jedem Satz für „geht“ ein passendes Verb ein.

~~klettert~~ ~~springt~~ ~~hüpft~~ ~~läuft~~

Das Pferd geht über das Hindernis.

Das Pferd springt über das Hindernis.

Malte geht die Leiter hinauf.

Malte klettert die Leiter hinauf.

Hanna geht mit Lena um die Wette.

Hanna läuft mit Lena um die Wette.

Timo geht auf einem Bein.

Timo hüpft auf einem Bein.

☺ 😐 ☹

Eine Einladung schreiben

1. Hanna schreibt eine Einladung zu ihrer Geburtstagsfeier.
   Es fehlen noch wichtige Angaben. Setze ein.

Ort:	Sonnenstraße 24
Tag:	15. Juli
Uhrzeit:	14.00 Uhr
Anlass:	Geburtstag

Lieber Malte,

am 15. Juli möchte ich

mit dir meinen Geburtstag feiern.

Die Feier beginnt um 14.00 Uhr.

Wir treffen uns bei mir zu Hause

in der Sonnenstraße 24.

Ich freue mich auf dich.

Deine Hanna

☺ 😐 ☹

Personen beschreiben

1. Schau dir das Bild an. Wie sieht der Piratenkapitän aus?
   Setze ein.

~~schwarzen Piratenhut~~

~~braunen Gürtel~~

~~grauer Papagei~~

~~Holzbein~~

~~dunklen Bart~~

Auf dem Kopf hat er einen schwarzen Piratenhut.

Im Gesicht hat er einen dunklen Bart.

Auf der Schulter sitzt ein grauer Papagei.

Das Messer steckt in einem braunen Gürtel.

Besonderes Kennzeichen: Holzbein

☺ 😐 ☹

Wortschatztraining 11

1. Schreibe die Nomen in der Einzahl und in der Mehrzahl.

9
- die Zahl
- die Zahlen

- der Zahn
- die Zähne

- die Uhr
- die Uhren

- der Pirat
- die Piraten

2. Ergänze die Verben in der er-Form.

Die Kinder feiern ein Fest.
Hanna feiert auch ein Fest.

Die Kinder springen ins Wasser.
Tina springt auch ins Wasser.

Die Kinder gehen zur Schule.
Ben geht auch zur Schule.

3. Verben: g statt k, b statt p. Schreibe so:

er sa___t sagen → er sagt

er fra___t →

er ü___t →

4. b oder p? Setze ein. Schreibe den Satz ab.

Malte schie___t seinen Roller.

5. Adjektive: d statt t, g statt k. Schreibe so:

run___ der runde Tisch → rund

klu___ das Kind →

frem___ der Hund →

6. b oder p? Setze ein. Schreibe den Satz ab.

Die Tasche ist gel___.

☺ 😐 ☹

Fragesatz

Mit Fragewörtern können wir gezielt Fragesätze schreiben.
Wer, wo, wann, warum, wie, was ...
Am Ende setzen wir ein Fragezeichen „?".

1. Kreise die Fragewörter ein. Setze das Fragezeichen.

2. Verbinde die Fragen mit der passenden Antwort.

Wo warst du in den Ferien?	Ich habe Pfeile und einen Bogen gebastelt.
Was hast du gemacht	Mein Opa hat mir geholfen.
Wer hat dir geholfen	Ich war bei meinen Großeltern.

3. Welches Fragewort passt? Schreibe die Sätze ab. Vergiss das Fragezeichen nicht.

Warum ...? | Wie ...?

- heißt du

- bist du traurig

☺ 😐 ☹

→ nach SAH Teil A, S. 94 / SB, S. 83

Wortschatztraining 6

1. Schreibe die Nomen in der Einzahl und in der Mehrzahl.

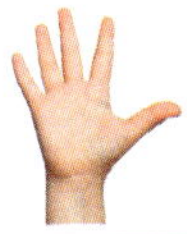

● die Hand

● ______

● der Freund

● ______

● ______

● die Kleider

● ______

● die Tage

2. Ergänze die Verben in der er-Form.

Die Kinder fragen die Eltern.

Hanna ______ auch die Eltern.

Die Kinder sagen Reime auf.

Murat ______ auch Reime auf.

Die Kinder schreiben.

Lena ______ auch.

1. Kreise alle Adjektive braun ein.

PFERD	AM	LEISE	UND
DICK	STEIN	WALD	SAUBER
BAUM	SCHWER	BEI	LESEN

2. Setze die Adjektive ein.

kalte	kalt	große	groß	~~heiß~~	klein

Die Suppe ist heiß ____.

Der Saft ist ____.

Der ____ Saft kühlt.

Das Pony ist ____.

Das Pferd ist ____.

Das ____ Pferd trabt.

→ nach SAH Teil B, S. 15 / SB, S. 93

3. Erweitere die Sätze mit dem passenden Adjektiv. Schreibe auf.

gelbe	weiche	~~schönes~~	reifen

Hanna malt ein Bild.

Hanna malt ein schönes Bild.

Papa schüttelt das Kissen.

Papa schüttelt das ______________________.

Die Kinder basteln Blumen.

Die Kinder basteln ______________________.

Malte pflückt einen Apfel.

Malte pflückt einen ______________________.

☺ 😐 ☹

Nachsilbe -chen

An Nomen können wir die Nachsilbe -chen anhängen.
Bei diesen Nomen wird aus:

a → ä   au → äu   o → ö   u → ü

Der Artikel in der Einzahl ist immer: das.
der Teller – das (kleine) Tellerchen

1. Schreibe die Nomen mit der Nachsilbe -chen auf.

der Schirm – das Schirmchen

die Gans –

der Rock –

das Haus –

die Blume –

2. Setze das passende Nomen mit -chen ein.

Hanna findet ein kleines ________.

Die Puppe trägt ein ________.

→ nach SAH Teil B, S. 15 / SB, S. 93

Eu / eu oder Äu / äu?

1. Eu/eu oder Äu/äu? Setze ein.
   Tipp: Schreibe ein Wort mit äu, wenn du ein verwandtes Wort mit au findest.

_____ro	B_____me	M_____se	L_____te

2. Setze eu oder äu ein. Schreibe die Sätze ab.

Die Kinder r_____men auf.

Das F_____er ist heiß.

In der Straße stehen viele H_____ser.

☺ 😐 ☹

Großschreibung

1. Satzanfänge und Nomen schreiben wir groß.
   Verbessere die Satzanfänge im Text.
   Verbessere die Nomen im Text.

S M
~~s~~terntaler ist ein armes ~~m~~ädchen.

es hat keine eltern mehr.

sterntaler verschenkt seine kleider.

dann fallen sterne vom himmel.

2. Schreibe den Text richtig.

→ nach SAH Teil B, S. 15 / SB, S. 93

1. Schreibe die Nomen in der Einzahl und in der Mehrzahl.

das Haus

der Stuhl

die Hexen

die Eulen

2. Verbinde die gegensätzlichen Adjektive.

schön	weich	alt	kurz	riesig
neu	hart	lang	hässlich	winzig

Zusammengesetzte Nomen

1. Bilde aus den Wörtern zusammengesetzte Nomen.
   Schreibe sie zu dem passenden Bild.

Apfel | ~~Haus~~ | ~~Tür~~ | Burg

Ritter | Baum

die Haustür

2. Trenne die zusammengesetzten Nomen durch einen Strich.
   Schreibe die einzelnen Nomen mit Artikel auf.

Butter|blume

die Butter — die Blume

Schneeflocke

☺ 😐 ☹

→ nach SAH Teil B, S. 39 / SB, S. 109

Aufforderungssatz

Aufforderungssatz

Nach Aufforderungen steht ein Ausrufezeichen „!".

1. Setze am Ende der Aufforderungssätze ein Ausrufezeichen.

Geh nach Hause

Beeile dich

Spiele in deinem Zimmer

2. Schreibe die Aufforderungssätze ab.
   Vergiss das Ausrufezeichen nicht.

i oder ie in der ersten Silbe

1. i oder ie? Schreibe die Wörter in die richtige Spalte.
   Tipp: Schreibe ie, wenn kein Stopper folgt.

K__ste	Sch__ne	W__se	T__nte
s__ben	w__nken	g__ßen	W__nter

Wörter mit i	**Wörter mit ie**

2. i oder ie? Schreibe zuerst die zweisilbige Form, dann die einsilbige Form.

	Sch__ld	Schilder	→	Schild
	Br__f		→	
	T__r		→	

☺ 😐 ☹

⇢ nach SAH Teil B, S. 39 / SB, S. 109

Lang oder kurz? – i oder ie

Wörter mit ie stehen immer in Häuschen A.

Wörter mit doppeltem Mitlaut stehen immer in Häuschen C. Da hat ie keinen Platz.

1. Sprich und klatsche die Nomen mit langem Selbstlaut und mit kurzem Selbstlaut.

2. Schreibe die Nomen in das richtige Häuschen.

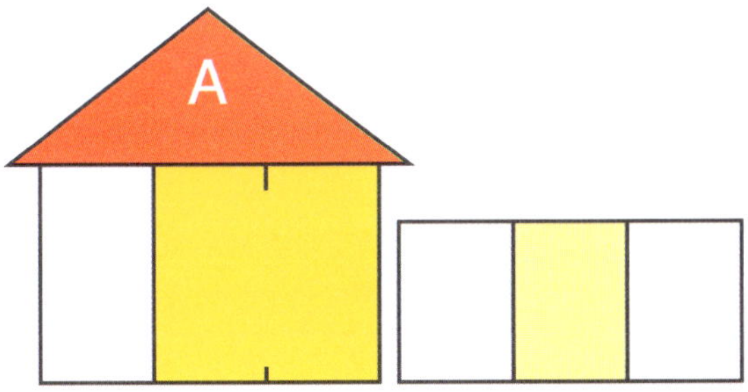

K●ssen

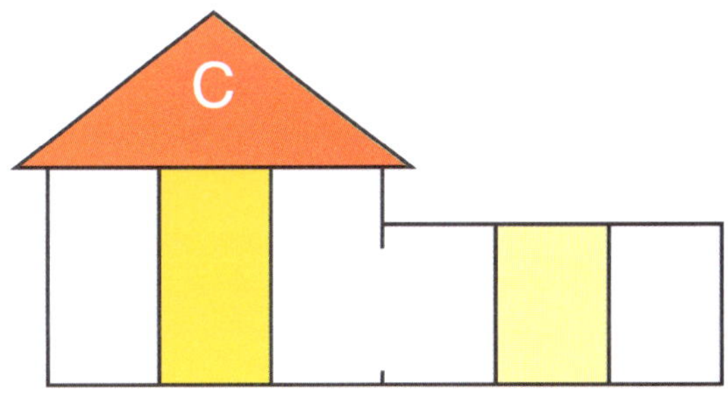

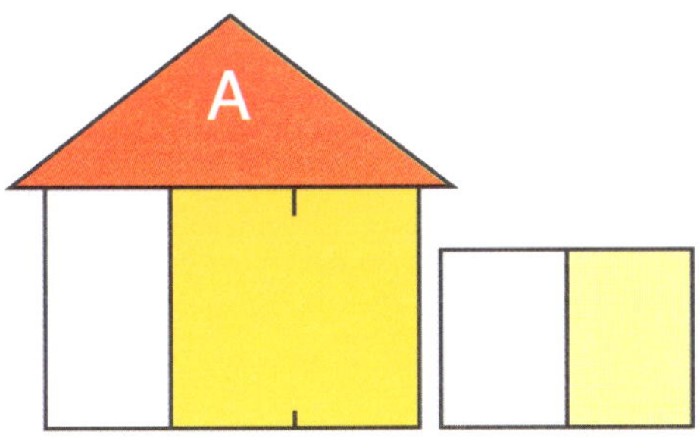

B●ne

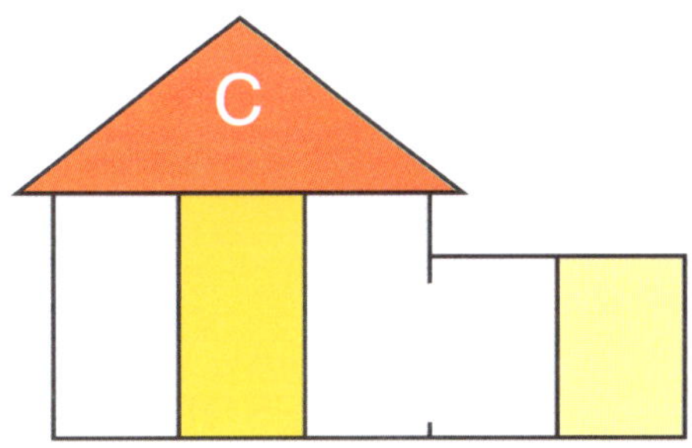

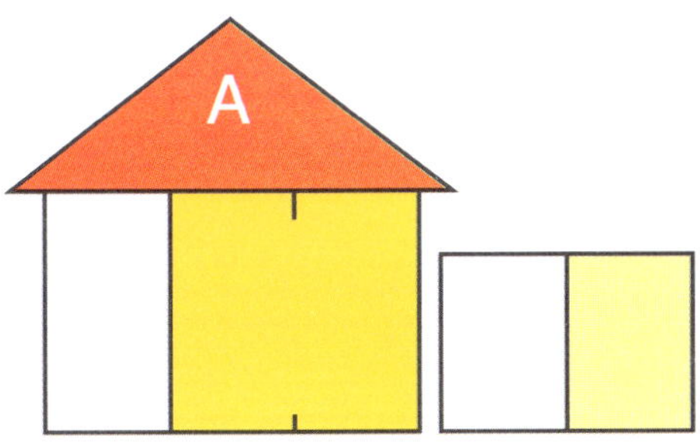

W●ge

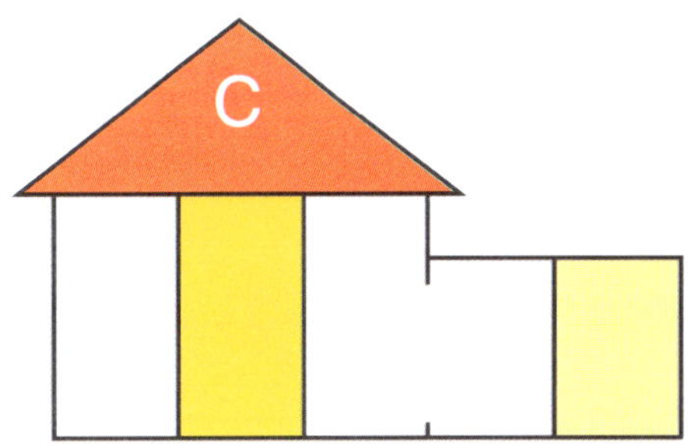

→ nach SAH Teil B, S. 39 / SB, S. 109

Wörter mit ch

1. ch kann wie in „Milch“ oder wie in „Buch“ klingen.
   Lies die Wörter laut. Wie klingt ch?

Teich	suchen	weich	Dach
leicht	reich	machen	Woche

2. Schreibe die Wörter in die richtige Spalte.

ch wie in Milch	ch wie in Buch
Teich	

3. Setze das passende Wort mit ch ein.

Die Enten schwimmen im ______________.

Das Haus hat ein rotes ______________.

nach SAH Teil B, S. 39 / SB, S. 109

Wortschatztraining 8

1. Schreibe die Nomen in der Einzahl und in der Mehrzahl.

● der Käfer

●

● das Spiel

●

●

● die Bienen

●

● die Füchse

2. Ergänze die Verben in der er-Form.

Die Kinder liegen im Bett.

Lara ______ auch im Bett.

Die Kinder gießen Blumen.

Malte ______ auch Blumen.

Die Kinder spielen.

Lena ______ auch.

Vorsilben ver- und vor-

1. Verbinde die Vorsilben mit den Verben. Schreibe auf.

vor-	spielen	vorspielen
	lesen	
ver-	schreiben	
	lassen	

2. Setze vor- oder ver- ein. Schreibe die Sätze ab.

Hanna will den Text _____lesen.

Max will das Haus _____lassen.

Lena will auf der Flöte _____spielen.

Der Arzt _____schreibt Hustensaft.

☺ 😐 ☹

→ nach SAH Teil B, S. 59 / SB, S. 121

Sp oder St am Wortanfang

Vor p und t sprechen wir sch,
wir schreiben aber Sp und St.

1. Sp oder St? Setze ein.

_____uhl

_____iegel

_____ift

_____inne

2. Setze sp oder st ein. Schreibe die Sätze ab.

Aysun _____ielt Fußball.

Max _____eht neben Hanna.

Malte kann weit _____ringen.

Wortfeld „sehen“

1. Schreibe die Sätze ab.
   Setze in jedem Satz für „sieht“ ein passendes Verb ein.

| betrachtet | blickt | ~~entdeckt~~ | beobachtet |

Timo sieht Ameisen.

Timo entdeckt Ameisen.

Hanna sieht das Bild.

Malte sieht durch das Fernrohr.

Lena sieht die Vögel.

→ nach SAH Teil B, S. 59 / SB, S. 121

1. Welche Wörter reimen sich? Verbinde.

Hase	Hai	Kater
Vater	Vase	Mai

2. Finde die drei Fehler und verbessere sie.
   Schreibe die Sätze richtig.

Der H~~e~~ai schwimmt im Meer.

In der Wase sind Blumen.

Fater und Sohn gehen ins Kino.

Lang oder kurz? – Doppelter Mitlaut

1. Sprich und klatsche die Nomen mit langem Selbstlaut und mit kurzem Selbstlaut.

2. Schreibe die Nomen in das richtige Häuschen.

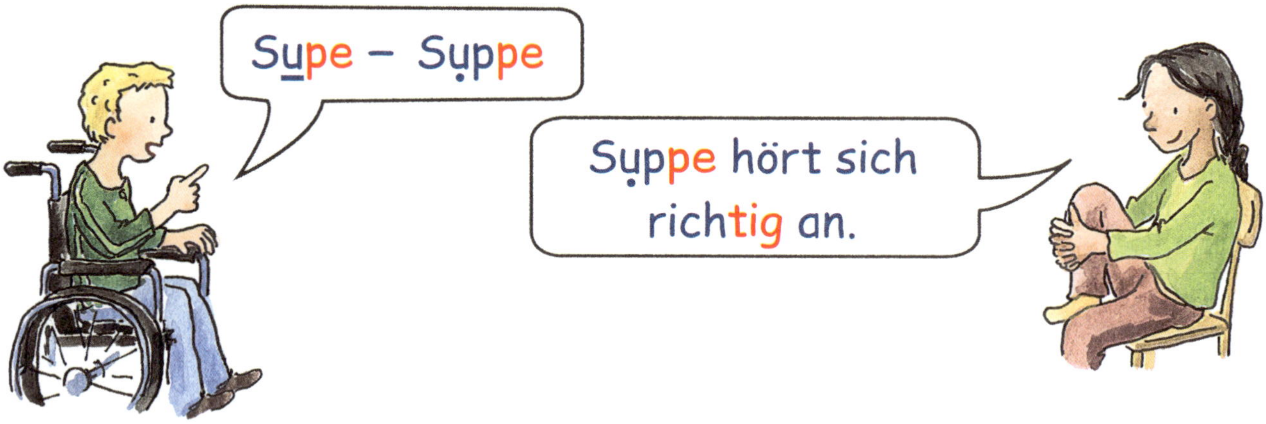

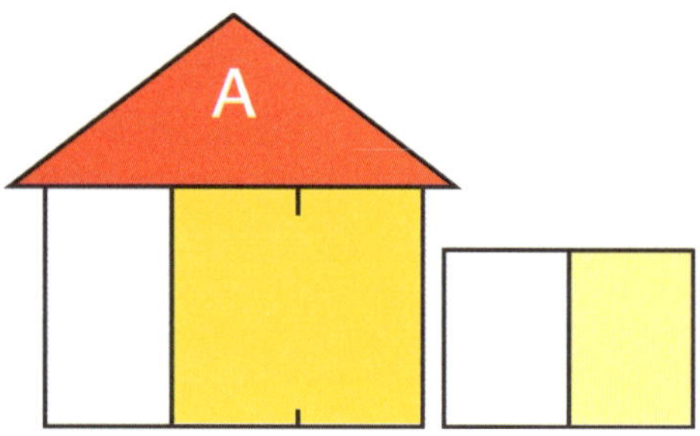

p/pp: Su●e

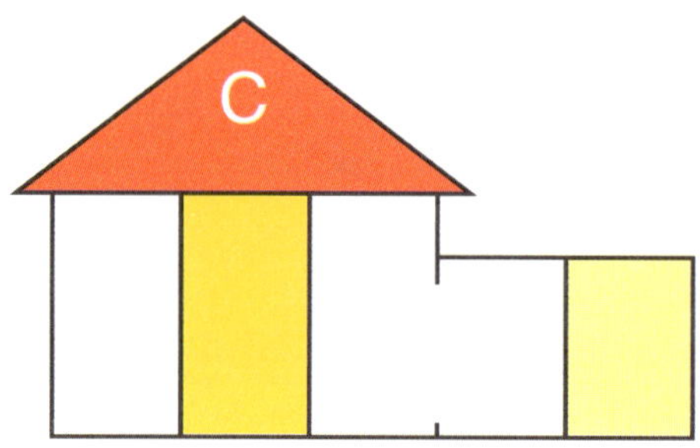

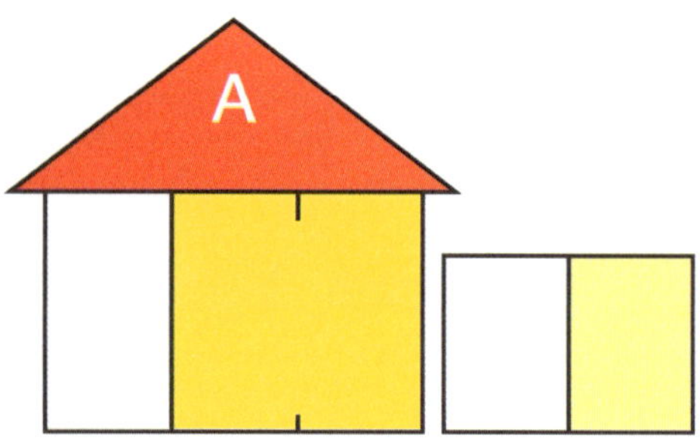

n/nn: Spi●e

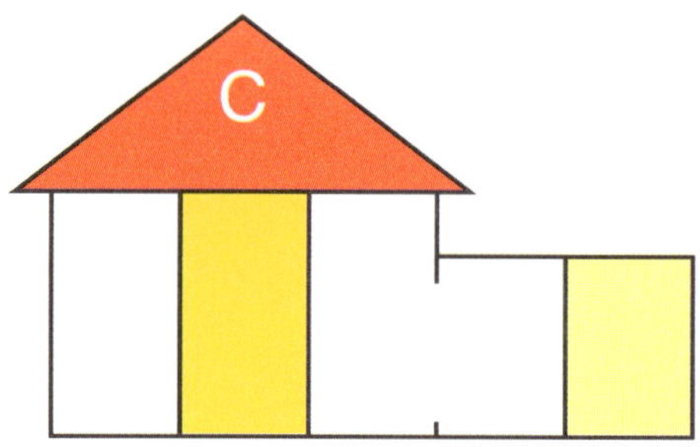

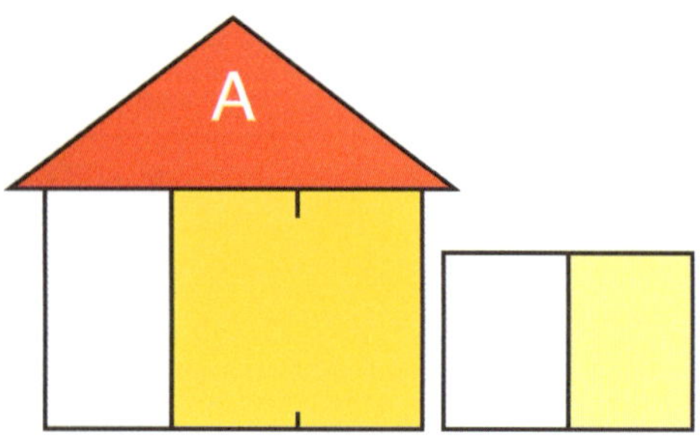

n/nn: Stei●e

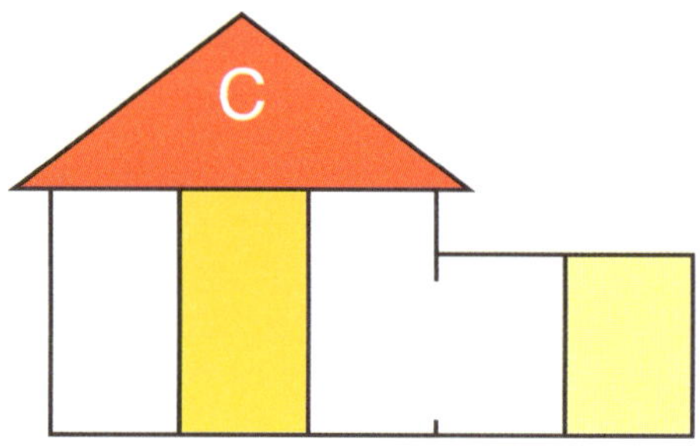

→ nach SAH Teil B, S. 59 / SB, S. 121

Wortschatztraining 9

1. Schreibe die Nomen in der Einzahl und in der Mehrzahl.

● die Stadt

●

● der Vogel

●

●

● die Seen

●

● die Zoos

2. Ergänze die Verben in der er-Form.

Die Kinder verstecken sich.

Hanna ______ sich auch.

Die Kinder entdecken Käfer.

Timo ______ auch Käfer.

Die Kinder begrüßen die Oma.

Sofia ______ die Oma auch.

⇢ nach SAH Teil B, S. 59 / SB, S. 121

1. Setze F / f oder Pf / pf ein. Schreibe die Sätze ab.

Max _____ährt mit dem Fahrrad zu seinem Pony.

Im Stall stehen viele _____erde.

Max füttert sein Pony mit einem A_____el.

Dann putzt er das _____ell mit einer Bürste.

☺ 😐 ☹

⇢ nach SAH Teil B, S. 81 / SB, S. 137

Diagramme lesen

Die Kinder der Klasse 2 haben ein Balkendiagramm über ihre Hobbys erstellt.

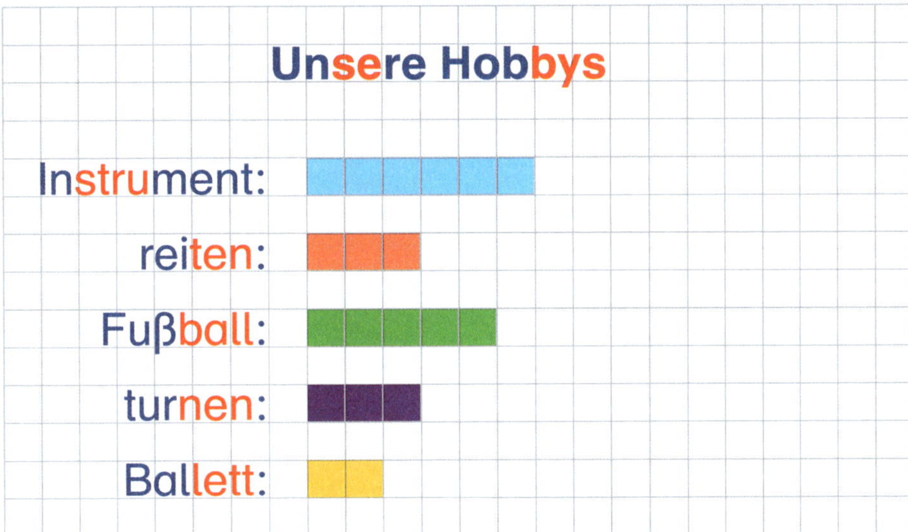

1. Ergänze die Lücken mithilfe des Diagramms.

In der Klasse 2 sind ________ Kinder.

Die meisten Kinder spielen ein ________.

Die wenigsten Kinder machen ________.

Fünf Kinder spielen ________.

Gleich viele Kinder ________ und ________.

Wörter mit tz

1. Schreibe die Reimwörter mit tz.

flitzen	~~Katze~~	Blitz	putzen

die Tatze

die Katze

der Witz

nutzen

ritzen

2. Schreibe alle Verben in der Grundform und in der er-Form.

nutzen – er nutzt

–

–

–

☺ 😐 ☹

→ nach SAH Teil B, S. 81 / SB, S. 137

Lang oder kurz? – z oder tz

1. Sprich und klatsche die Nomen mit langem Selbstlaut und mit kurzem Selbstlaut.

2. Schreibe die Nomen in das richtige Häuschen.

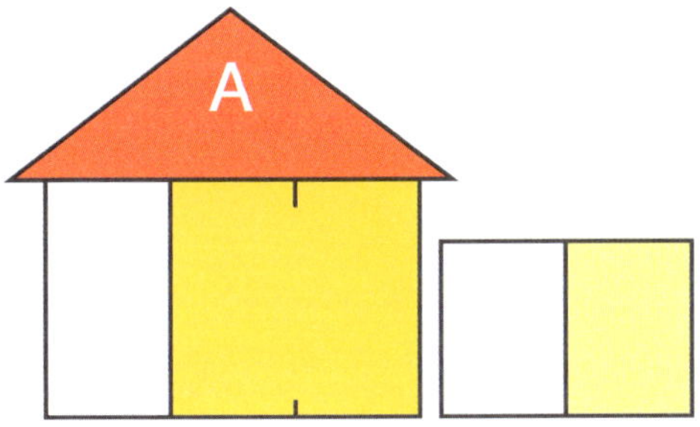

z/tz: Mü●e

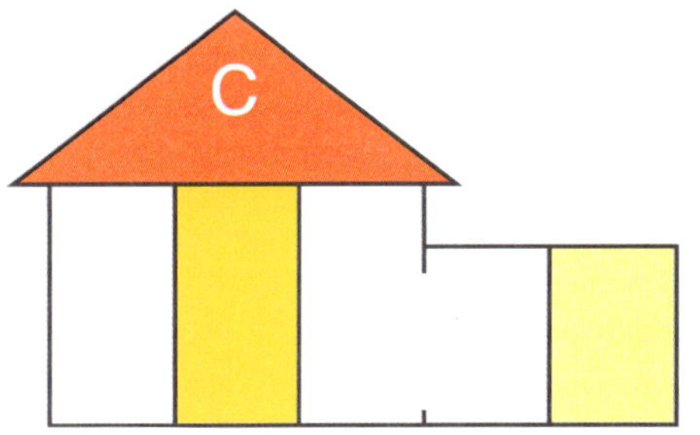

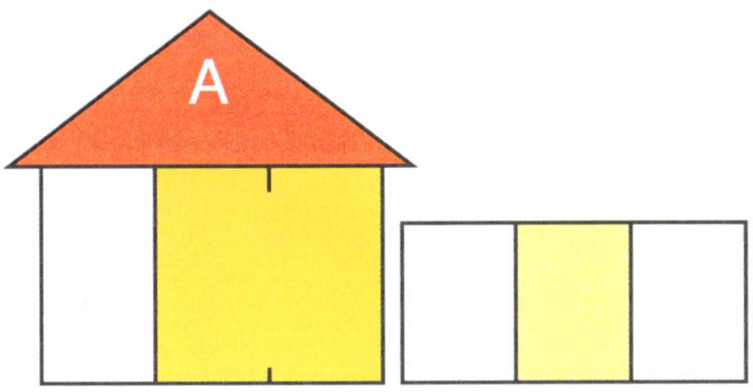

z/tz: Wei●en

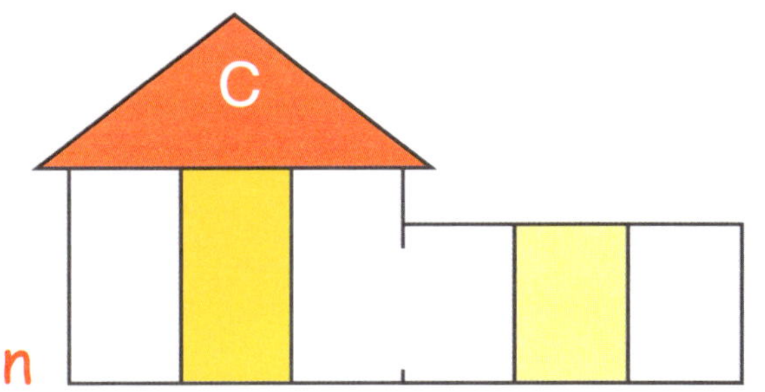

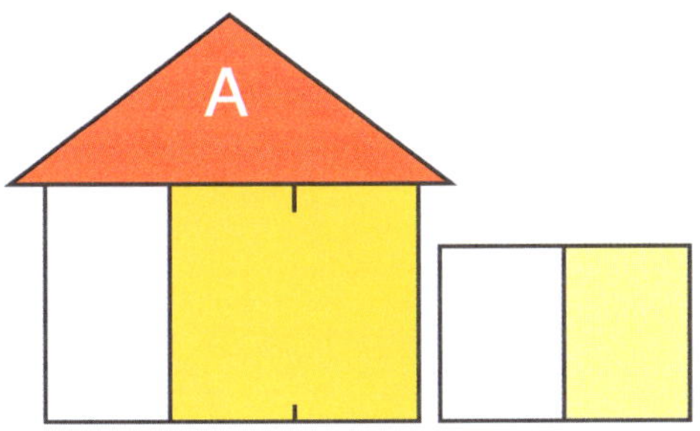

z/tz: Hi●e

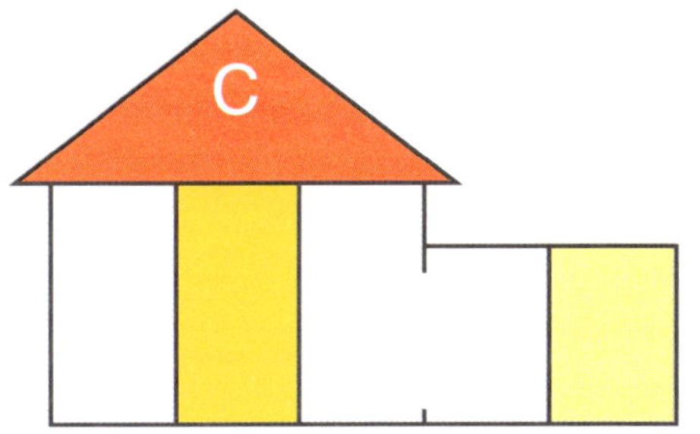

☺ 😐 ☹

1. Schreibe die Nomen in der Einzahl und in der Mehrzahl.

- das Pferd
-

- die Katze
-

-
- die Spatzen

-
- die Äpfel

2. Ergänze die Verben in der er-Form.

Die Kinder schnitzen.

Luise ______ auch.

Die Kinder putzen die Zähne.

Murat ______ auch die Zähne.

Die Kinder spitzen Stifte.

Malte ______ auch Stifte.

→ nach SAH Teil B, S. 81 / SB, S. 137

Wörter mit h vor l, m, n, r

Stummes h

In einsilbigen Wörtern, die auf l, m, n, r enden, steht vor diesen Buchstaben meistens ein h. Dieses h sprechen wir nicht.

1. Lies die Wörter mit dem stummen h.

kühl	Rahm	Jahr	Bahn
sehr	Hahn	Zahl	zahm

2. Ordne die Wörter nach dem letzten Buchstaben.

l	m
kühl	

n	r

☺ 😐 ☹

ihnen, ihm, ihn

1. Setze das passende Wort ein.

ihn	ihm	ihnen	ihm

Der Schiffsjunge Piet klettert in das Boot.

Die Piraten geben ______ ein Ruder.

Alle rudern kräftig.

Bald erreichen sie die Insel.

Piet will auch an Land gehen.

Die Piraten helfen ______ aus dem Boot.

Nun versammeln sich alle Piraten um den Kapitän.

Der Kapitän will ______ die Schatzkarte zeigen.

Piet schaut ______ gespannt an.

☺ 😐 ☹

→ nach SAH Teil B, S. 92 / SB, S. 147

Wortfeld „gehen“

1. Schreibe die Sätze ab.
   Setze in jedem Satz für „geht“ ein passendes Verb ein.

klettert	~~springt~~	hüpft	läuft

Das Pferd geht über das Hindernis.

Das Pferd springt über
das Hindernis.

Malte geht die Leiter hinauf.

Hanna geht mit Lena um die Wette.

Timo geht auf einem Bein.

Eine Einladung schreiben

1. Hanna schreibt eine Einladung zu ihrer Geburtstagsfeier. Es fehlen noch wichtige Angaben. Setze ein.

Ort:	Sonnenstraße 24
Tag:	15. Juli
Uhrzeit:	14.00 Uhr
Anlass:	Geburtstag

Lieber Malte,

am ______________________ möchte ich

mit dir meinen ______________________ feiern.

Die Feier beginnt um ______________________.

Wir treffen uns bei mir zu Hause

in der ______________________.

Ich freue mich auf dich.

Deine Hanna

☺ 😐 ☹

⇢ nach SAH Teil B, S. 92 / SB, S. 147

1. Schau dir das Bild an. Wie sieht der Piratenkapitän aus?
   Setze ein.

~~schwarzen Piratenhut~~

braunen Gürtel

grauer Papagei

Holzbein

dunklen Bart

Auf dem Kopf hat er einen schwarzen

Piratenhut.

Im Gesicht hat er einen ____________.

Auf der Schulter sitzt ein ____________.

Das Messer steckt in einem ____________.

Besonderes Kennzeichen: ____________

☺ 😐 ☹

⇢ nach SAH Teil B, S. 92 / SB, S. 147

1. Schreibe die Nomen in der Einzahl und in der Mehrzahl.

9

● die Zahl

●

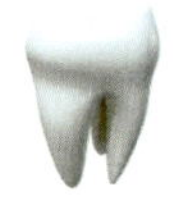

● der Zahn

●

●

● die Uhren

●

● die Piraten

2. Ergänze die Verben in der er-Form.

Die Kinder feiern ein Fest.

Hanna ______ auch ein Fest.

Die Kinder springen ins Wasser.

Tina ______ auch ins Wasser.

Die Kinder gehen zur Schule.

Ben ______ auch zur Schule.

→ nach SAH Teil B, S. 92 / SB, S. 147